D. H. 로렌스 문학과 종교적 상상력

D. H. 로렌스 문학과 종교적 상상력

| 조일제 지음 |

도서출판 동인

머리말

 로렌스 문학을 오랫동안 연구해 왔고 전공으로 삼아온 필자의 입장에서 참으로 안타까운 일은, 로렌스에 대해 일반인들과 이야기를 나눠볼 때 그들에게는 로렌스가 통속적인 에로물에 탐닉하는 성의 작가라는 수준 정도에 머물러 있다는 인식이다. 그러나 그의 작품을 제대로 읽어본 독자라면 그런 인식과 평가가 얼마나 잘못 되었는지를 금방 알 수 있을 것이다. 기본적으로 로렌스는 글쓰기를 즐기는 예술적 작가이지만, 인간과 우주, 자연과 사물에 대해서 강렬한 지적 호기심과 도전적인 탐구심을 지닌 철학적 문인이다. 그의 소설, 시, 희곡, 에세이들을 읽을 때 독자들은 그의 날카로운 통찰력과 직관력에 대해서 놀라움을 금치 못할 것이다. 로렌스에게서 찾아볼 수 있는 이러한 재능은 필자에게는 감사의 마음이 동반되는 소중한 선물이며 크나큰 즐거움이기도 하다. 하지만 무엇보다도 로렌스한테서 발견되는 현저한 특징은 심오한 종교성이다. 그는 생명과 영혼의 신비를 향해서 마음이 늘 감응하고 진동하는 종교적 탐험가라고 할 수 있다.

　　기독교 문화권인 영국에서 태어나 조국을 사랑하면서도 심하게 비난하기도 했던 로렌스는 영국을 떠나 지구의 여러 대륙과 장소를 탐방하면서 글을 썼고, 다시 잠깐 영국으로 되돌아오기도 했다. 하지만 유럽 문명의 오랜 기초를 이루고 있는 기독교에 대해 어릴 때부터 감명과 영향을 깊게 받았으면서도, 그는 기독교와 완전한 일체감이나 조화를 이루는 데는 한계와 결핍을 느꼈다. 근본적으로 로렌스에게 중요한 것은 종교적 규례와 형식이 아니라 생명과 영혼의 자유와 성령의 충만으로 인도하고 우주자연과 분리되지 않는 조화와 합일을 이루는 것이다. 이런 맥락에서 로렌스에게는 기독교가 불만족스러운 종교였으며, 그는 인류역사의 다양한 종교 형태에 관심을 가지게 되었다. 그리하여 새로운 종교적 계시와 영적 완성으로 이끌어주는 유토피아를 끊임없이 추구하면서 지구의 여러 곳을 방랑했다. 그런 로렌스에게 옛 인류의 고대원시 사회 혹은 신화적 사회는 그의 영적 안식처가 되었다. 하지만 그의 마음이 기독교에서 완전히 떠난 것은 아니었다. 요컨대 그는 복합적이고 다면적인 인성의 소유자였으며, 영적 유토피아를 찾아다녔던 영원한 방랑객이다.

　　로렌스의 문학작품에 나타나는 신비적인 종교적 요소를 눈여겨보면 비교esotericism, 접신론theosopy, 정령론animism, 제의ritual, 비술occult 등을 감지할 수 있다. 이런 요소들의 등장은 로렌스의 타고난 종교적 본성에 기인하고 있지만 그의 종교적 감성은 특정한 종교나 종파에 제한되지 않는다. 그에게 자연과 인간과 우주는 그 자체로서 신성을 내포하고 있는 신비주의적인 존재이다. 이와 같은 점에서 로렌스는 접신가theoso-phist, 비술가occultist, 정령가animist 등으로 불릴 수 있다. 신성이나 영지에 대해 초월적인 감각을 지닌 로렌스는 내 몸 안의 신 혹은 성령에 의해 존재론적으로 최고의 자아로 변화되는 것을 삶의 목표로 삼았다.

로렌스는 고대문명, 원시문명에 대해 큰 관심을 가졌으며, 그런 곳에 대한 답사를 열성적으로 수행하였다. 이런 답사는 그에게 종교적, 영적 탐험의 의미를 띠었다. 그는 고대와 원시 문명의 지혜를 집대성한 접신가인 브라바츠키 여사H. P. Blavatsky의 저술인 『아이시스 여신의 비밀이 밝혀지다』(*Isis Unveiled*, 1877), 『신비한 교리』(*The Secret Doctrine*, 1885), 『신지학의 열쇠』(*The Key to Theosophy*, 1899)를 읽고 큰 감동을 받았다. 브라바츠키는 당대의 세계적인 영성가였는데 그의 저술들은 동서양의 고대인과 원시인들의 종교와 신화에 나타나는 비교esotericism, 비술occult와 같은 영적 지혜를 모은 것으로 추종자들에게는 성서로서 수용되었다. 여기에는 마술, 밀교, 요가, 점성술, 연금술, 초능력, 심령술, 강신술, 최면술, 텔레파시, 신탁, 입사식과 같은 다양한 의식儀式이 들어있다. 로렌스는 브라바츠키 여사의 제자인 접신가 학자인 프리셰J. M. Pryse의 저술 『묵시록 비밀이 밝혀지다』(*The Apocalypse Unsealed*, 1910)와 영국의 라이더Rider가 출판인이었던 접신학 잡지인 『오컬트 리뷰』(*The Occult Review*), 그리고 인도의 고대 힌두교 경전인 『우파니샤드』(*Upanishad*), 『리그베다』(*Rigveda*) 등도 역시 읽었다. 뿐만 아니라 고대의 이집트와 인도, 아메리카 인디언, 그리스, 에트루리아, 칼데아인, 드

루이드인, 아틀란티스인의 문화와 종교에 관한 고고학적, 인류학적 저술들, 예를 들면, 제인 해리슨Jane Harrison의 『고대 예술과 의식』(*Ancient Art and Ritual*), 에드워드 타일러Edward Tylor의 『원시문화』(*Primitive Culture*), 『아프리카의 목소리』(*The Voice of Africa*), 프리스코트Prescott의 『페루』(*Peru*), 가스톤Gaston의 『이집트』(*Egypt*), 윌리암 매슈 프린더스 페리William Matthew Flinders Petrie의 『이집트 역사』(*Egyptian Tales*), 길버트 뮤레이Gilbert Murray의 『고대 그리스인들』(*The Ancient Greeks*), 그리고 프레이저J. G. Frazer의 『황금가지』(*Golden Bough*), 융C. G. Jung의 『무의식의 심리학』(*Psychology of the Unconscious*)을 읽었다. 로렌스는 이런 저술들로부터 암시와 영감을 얻어 자신의 문학작품 창작에 직간접적으로 활용하였다.

이상에서 언급한 로렌스의 비교적秘敎的 요소들은 그의 여러 작품에서 때로는 예감, 힘, 생명력, 영적 에너지, 비전 등으로 작용한다. 이러한 존재들은 로렌스의 방식대로 말하면 살아있는 육체living flesh, 살아있는 "피 의식"(blood-consciousness)에 의해 감각된다. 로렌스의 친구였던 헉슬리Aldous Huxley는 로렌스의 이와 같은 비교적秘敎的인 직관력에 주목하여 그가 일상적인 의식을 뛰어넘어 저 너머의 무의식 세계에 존재하는 신비한 존재를 꿰뚫어보는 비상한 능력의 소유자임을 지적한 바 있다. "그는 항상 세계의 신비를 강렬하게 의식하고 있었다. 그리고 그러한 신비는 신성한 악마였다"(He was always intensely aware of the mystery of the world, and the mystery was always for him a numen, divine, Aldous Huxley, ed. *The Letters of D. H. Lawrence*, 'introduction', xi-xii)라고 말한다.

로렌스는 눈에 보이지는 않지만 인간 상호간의 관계에서나 인간과 외계와의 관계에서 어떤 생명력이나 영적인 힘의 교류가 있다는 신비로운 사실에 대해 언급한다. 『무의식의 환상』의 제2장 '신성한 가정'에서, "눈에 보이는 것 외에 분명 무언가가 더 있다. 당신에게 보이는 것 외에 그 무언가가 있는데 왜 믿지 않는가?"(There's more in it than meets the eye. There's more in you, dear reader, than meets the eye. What, don't you believe it?, *Fantasia*, 26)라고 말한다. 사람들에게는 태양신경총solar plexus과 요추신경절lumbar ganglion, 그리고 많은 신경계의 문들이 있으며, 실제의 문들을 통하지 않고 이루어지는 놀라운 "무선교신"(wireless communication, *Fantasia*, 28)이 있다고 말한다.

로렌스는 자신의 이러한 이론을 통해 현대인들에게 아직 알려지지 않은 넓은 분야의 과학이 있을 것이라고 주장한다. 자신의 태양신경총 교감이론은 단순한 환상이 아니라 산 경험과 확실한 직관에 의거한 과학이며 "주관적인 과학"(subjective science, *Fantasia*, 12)이라는 것이다. 그는 『무의식의 환상』에 기술된 내용은 "소설이나 시를 창작하는 과정에서 얻어낸 것으로서 스스로 경험한 후에 얻어낸 결론임을 이해해 달라"고 독자에게 간절히 바란다(*Fantasia*, 15). 로렌스의 소설에는 작중 인물들의 관계에서 일어나는 자아 내면의 무의식적 움직임으로서의 비가시적인 생명력이 진동하는 양상을 시각적으로 형상화한 장면들이 많다. 이러한 앎의 양식은 지적, 개념적인 것이 아니라 감각적, 혈적인 것이다. 이러한 양식으로 살아가는 사람들에게는 언제나 무의식과 생명력이 활성화되어 있다고 본다. 로렌스의 소설은 작중 주인공들의 "신비의 몸"(Frederick Carter, *D. H. Lawrence and the Body Mystical*, 1972 참조)을 통해 심오하게 느껴지는 어떤 영적인 감각이나 생명력을 이미지와 상징들로 제시한다. 예를 들면 연꽃, 장미, 무지개 등과 같은 생명적 표상들이 이에 해당한다고 할 수 있다. 이들은 무의식의 깊은 지하에서 느껴지는 경이로운 종교적 존재의 표현이라고도 할 수 있다.

로렌스는 옛 고대인들의 신화적 세계에는 오히려 "관대한 실용주의를 믿는 행복의 골짜기"(the happy valley of indulgent Pragmatism)가 있으며, 근접한 곳에 "물활론자들의 즐거운 대지"(the chirpy land of the Vitalism, *Fantasia*, 21)가 있다고 말한다. "당신들 눈엔 안 보이겠지만 저 푸른 언덕 위로는 슈퍼맨들이 활개치고 다니고 있다. 거기에는 베산테임이 있고, 에디하위가 있고, 저 이상한 작은 땅에 윌스니아도 있으며, 모퉁이를 돌면 라빈드라 나토폴리스가 있다..."(Over those blue hills the supermen are prancing about, though you can't see them. And there is Besantheim, and there is Eddyhowe, and there, on that queer little tableland, is Wilsonia, and just round the corner is Rabindranathopolis, *Fantasia*, 21)라고 말한다. 이와 같이 신비한 이미지와 상징들이 가득한 외계를 바라보며 살았던 고대인들의 삶의 방식에 대해 로렌스는 "당신에게는 진리가 아니어도 내겐 그것이 기쁜 소식이고 절대적 진리이다"(Though it be not true to thee, it's gay and gospel truth to me, *Fantasia*, 22)라는 것이다. 로렌스는 이러한 상상력과 감각이 고갈된 현대인들을 안타깝게 생각하면서 "하나님, 저는 아무 것도 볼 수가 없습니다. 하나넘이여, 아무것도 보이지 않는 저에게 망원경이라도 선사하소서"(But Lord, I can't see anything. Help me, heaven, to a telescope, for I see blank nothing, *Fantasia*, 21)라고 말하면서 현대인들의 감각적 무능함을 조롱한다. 이처럼 현대인들은 창조적인 감수성과 상상력을 상실했으며 이것의 부활이 필요하다는 것이다.

로렌스는 에세이 「호저의 죽음에 대한 명상」("Reflections on the Death of a porcupine")에서 눈에 보이지는 않지만 생명체의 근원과 씨앗으로서의 성령Holy Ghost이 우주 만물의 개체로 옮겨 다니며, 각 개체에서 최고로 생명력이 충만할 때가 곧 성령이 임재한 때라고 말했다. 로렌스에게 참된 종교는 이성적인 범주를 넘어서며 지성의 수준을 초월하는 신비한 계시와 비전을 보여주는 영역이다. 그는 타고난 종교적 본성대로 세속적인 관습과 규제에서 벗어나 영적 완성과 충만, 영원한 시공과의 합일을 가능하게 하는 참된 종교를 원했다. 틴달Tindall의 지적처럼 로렌스의 궁극적인 인생의 목적은 "신과의 직접적인 교감"(immediate communion with God, 18)이다.

이 책은 모두 다섯 개의 장으로 구성되었다. 제1장을 제외한 나머지 네 개의 장은 그동안 연구했던 로렌스의 종교에 관련된 네 편의 논문을 부분적으로 약간 수정한 것이다. 필자는 최근에 기독교와 성경에 관심을 가지게 되면서 로렌스 문학을 성경과 기독교와 관련시켜 몇 편의 연구논문을 썼다. 본 저서에 수록된 네 개의 장은 이러한 논문을 옮긴 것이다. 제1장, 제2장, 제3장, 제5장은 기독교와 관련해서 살펴본 내용이고, 제4장은 라캉의 '주이상스' 심리학을 통해 로렌스의 신지학적, 종교적 특성을 분석한 내용이다. 지금까지 기독교에 관계된 로렌스 문학의 가장 총체적이고 탁월한 연구로는 캠브리지대학교 출판사에서 출간한 라이트T. R. Wright의 『로렌스와 성경』(*D. H. Lawrence and the Bible*, 2000)이라고 할 수 있다. 이 책 다음으로 로렌스를 기독교뿐만 아니라 로렌스의 종교성과 잘 연관시켜 다루는 책을 소개한다면 역시 캠브리지대학교 출판사에서 출간한 몽고메리Robert Montgomery의 『비전적인 D. H. 로렌스: 철학과 예술을 넘어』(*The Visionary D. H. Lawrence*, 1994)라고 할 수 있을 것 같다. 이 책은 로렌스의 특별한 사상을 이루는 육과 피 Flesh and Blood, 성령Holy Ghost, 영Soul, 실재적 존재Being와 같은 요소들을 중심으로 하여 유럽의 여러 철학자와 작가들, 예컨대 니체, 쇼펜하우어, 헤라크리투스, 뵈메, 예이츠, 윌리엄 브레이크, T. S. 엘리엇 등과 종교성의 관점에서 비교하여 고찰한다. 특별히 결론을 "낭만주의와 기독교" (Conclusion: Romanticism and Christianity)라는 제목으로 설정하여 낭만주의와 기독교의 관점에서 로렌스를 여러 철학자들, 예술가들과 비교한다. 로렌스의 기독교와 성서적 상상력에 관해 고찰한 필자의 연구는 라이트와 몽고메리로부터 큰 도움을 받았다.

　　로렌스가 그의 작품에 반영한 기독교와 성경에 관련된 부분은 너무나 방대하여 제대로 연구한 책이 나오려면 훨씬 더 많은 노력과 시간이 투입되어야 하겠지만, 많은 흠결에도 불구하고 작은 책으로 출간하게 되었다. 이미 출판된 논문들을 주축으로 하다 보니 체계적이고 짜임새 있는 통일성을 갖추지 못했다. 독자들에게 양해를 구할 뿐이다. 그러나 로렌스에 대해 관심을 가진 일반인들과 로렌스 학인들에게 다소나마

도움이 되기를 기대하는 마음이다. 요즘 출판시장의 사정이 어려움에도 불구하고 출판을 흔쾌히 허락해주신 이성모 사장님과 원고의 편집과 디자인에 정성을 다해 주신 출판사의 박하얀님께 참으로 감사한 마음을 전한다.

2015년 11월 금정산 기슭에서 조일제

차례

D. H. Lawrence

로렌스의 죽음과 부활의 비전과 예수 그리스도와의 교차

로렌스의 죽음과 부활의 모티프에 대한 탐구는 크게 두 가지로 분류될 수 있는데, 이교적인 신화적 실마리에서 영생을 찾는 형태와 기독교와 이교적 요소가 혼합된 비전에서 영생을 찾는 형태이다. 여기서는 후자에 한정하여 살펴보기로 한다.

1 ▌ 십자가의 예수와 육체적 죽음에 대한 명상

로렌스는 '십자가의 예수'를 매개로 한 여행문집인 『이탈리아의 황혼』(*Twilight in Italy*)에 수록된 「산속의 십자가」("The Crucifix Across the Mountains"), 「티롤의 십자가들」("Christs in the Tirol," *Phoenix*), 「산속의 예배당」("A Chapel among the Mountains," *Phoenix II*)에서 죽음의

문제에 대한 그의 사유를 신랄하게 보여준다. 이러한 예수의 십자가상들에서는 로렌스가 자신의 감정이입을 통해 스스로가 십자가에 못 박힌 예수가 된 듯하고, 마치 요가 수행자가 그런 것처럼 자신의 육체를 내면적으로 섬세하게 느끼는 명상의 모습이 나타난다. 실제로 로렌스는 요가 명상에 관심이 많았고, 요가수행에서 나타나는 차크라chakra, 옴Om, 제3의 눈Third Eye과 같은 전문적인 용어를 언급하기도 했다. 어떤 점에서 보면 그는 마치 연금술사alchemist처럼 영혼이 갈망하는 영적인 황금을 찾아서 최고의 상태를 향해 끊임없이 나아가는 탐험가처럼 보일 때가 있다. 영적으로 예민했고 성령으로 충만한 시간이 많았던 로렌스는 고양된 감수성으로 영적인 여행, 의식세계의 탐험을 예수 십자가상들을 통해서도 수행하는 것이다. 십자가에서 죽어가는 예수 그리스도를 묘사하는 에세이들에는 로렌스 자신의 폐결핵으로 인한 죽음의 어두운 그림자에 대한 무의식적 경험이 투영되었을 것이다. 폐결핵 말기의 병마를 안고 있었던 로렌스가 죽음의 그림자가 늘 접근하는 것을 느끼고 있었을 때, 그리스도 예수가 십자가에서 고통의 극단에 도달하여 죽어가는 그런 모습을 자신의 육체적 죽음의 이미지와 교차시켰을지도 모른다. 「산속의 십자가」에는 바바리아 지방의 농부가 만든 목조 십자가상이 묘사된 부분에서 "그리스도는 알프스 산기슭의 농부와도 같았다. 넓은 광대뼈와 건장한 육체를 갖고 있었다. 넓적하고 거친 얼굴은 산들을 곧장 노려보고, 목은 도망칠 수 없었던 십자가에 못 박힌 것을 대항하는 것처럼 굳어져 있었다. 그것은 정신 속에 못 박혀 있기는 하되, 속박과 굴종에 대해서 반항하고 있는 사나이였다. 그는 중년의 소박하고 거칠고 어딘지 농부의 미천한 품이 있으나 또한 경우에 따라서는 그 혼을 굴하지 않는 일종의 완고한 고귀성을 가진 사나이였다. 소박한 그 혼이 거의 공허한 십자가 위에 있는 이 중년의 농부는 자신의 위치의 비참성에 부동자세로 저항하고 있었다. 그는 굴하지 않았다. 그의 혼은 차분하고 그의 의지는 정해져 있었다. … 그는 그 자신이었고 그 생명은 결정되어 있었다"(10). 이러한 십자가의 고통은 로렌스에게 오히려 도취적으로 느껴지기도 하는데 육체적 감각의 열렬한 취기가 억압되어 있다. 감각적인 약품처럼 사람을 취하게 하는 최면제와 마찬가지이다. "육체를 충분히 힘세게 유지하고 마음을 피와 같은 열과 피와 같은 잠으로 거세게 만드는 일이란 이 육체적 감각의 끝없는 열렬성과 흥분이다. 그래서 이 잠, 이 육체적 경험의 열은 마침내 속박이 되고 드디어 십자가에 도달하게 되는 것이다"(11)라고 묘사한다. 이러한 고통은 관능적, 성적 쾌락을 내포하기도 한다. "이런 관능적인 체험의 흐름은 농부의 생명이며 충족이다. 그러나 도피할 수 없기 때문에 그는 끝내 거의 정신이 미치게 되는 것이다"(11). 로렌스가 묘사하는 십자가 위의 예수에 대한 이러한 심리적 측면은 자크 라캉Jacques Lacan과 롤랑 바르트Roland Barthes가 그들의 이론서에서 밝히는 주이상스Jouissance에 해당한다. 주이상스는 통상적인 쾌락의 범위를 넘어서는 희열일 뿐만 아니라 고통스러운 쾌락이다. 이정호에 의하면, 주이상스라는 프랑스어 고유의 단어에는 성적인 쾌락까지 포함되어 있다(이정호, 5-6 참조). 주이상스에서 죽음과 성은 동일한 근원에서 발원하며 삶(리비도)과 죽음의 욕동이 별개의 것이 아니라 서로 연결돼 있다고 본다.

주이상스가 고통스러운 쾌락이 될 경우 고통은 더 이상 제거하거나 치유해야 할 그 무엇이 아니라 즐길 수 있는 것이 된다. 이러한 주이상스는 인간의 고통스런 현실 경험에 기초하고 있으며, 이러한 고통은 주이상스의 근원이 될 수도 있다. 고통스러운 쾌락으로서의 주이상스는 통상적인 쾌락 원리와는 달리 우리를 결코 식상하게 만들지 않는다. 신비주의적인 종교적 법열의 경험도 이러한 주이상스를 포함한다(이정호, 같은 책, 6). 이와 같은 점에서 볼 때 로렌스의 문학 텍스트에서는 수많은 주이상스가 발견되는데 이는 로렌스 문학의 또 하나의 특징이다. "그것은(예수의 십자가 죽음의 상: 필자)은 못과 더불어 하나가 되고 있다. 그것은 망연하게 있거나 죽은 것이 아니다. 십자가의 예수는 자기의 부정할 수 없는 존재를 알고 완고해지며, 관능적 경험의 절대적 진실을 확신하고 있다. 그는 되돌릴 수 없는 운명에 못 박혀 있지만, 또한 그와 같은 운명에 있어서조차 온갖 관능적인 체험의 힘과 기쁨을 가지고 있다. 그런 까닭에 그는 운명과 관능의 이상한 기쁨을 하나의 의지를 가지고 받아들여서 완성되어 있고 차분해져 있다. 그의 관능적 체험은 지고한 것이며, 그것은 동시에 생과 사의 정화인 것이다"(「산속의 십자가」, 같은 책, 13). 농부가 짐을 실은 말을 몰고 갈 때 농부는 십자가 위의 이러한 예수를 마주친다. 죽어가는 그리스도의 육체 옆을 지나갈 때 작가는 농부의 심리 내면을 이렇게 묘사한다. "그는 죽음의 주에 대해서 모자를 벗는다. 그리스도! 죽음이며 죽음의 화신이다. 짐을 실은 말을 뒤쫓아가는 이 남자는 죽은 그리스도를 최상의 주로서 인정하고 있다. 이 농부는 공포에다 죽음의─육체적 죽음 위에서 갈려서 부서지고 있는 것처럼 보인다. 그 이상으로 그는 아무것도 모른다. 그의 최상의 감각은 육체적 고통에, 그리고 그 고통의 정점에 있다. 그의 최고조의 점, 그의 극치는 죽음이다. 그런 까닭에 그는 죽음을 숭배하고 죽음 앞에 엎드리며, 항상 죽음에 매력을 느끼고 있다. 죽음은 충족적이며, 또한 그가 충족적으로 근접하는 것은 육체적 고통을 통해서이다"(같은 책, 16). 이처럼 나무에 못 박혀 처참하게 육체가 죽어가는 예수에게서 피와 암흑과 성적 관능이 뒤엉켜 있는 복합적 상태를 느낄 수 있다.

로렌스는 알프스 산악의 여행지에서 지방마다 특징이 있는 다양한 십자가상들을 보았으며, 그것을 만든 사람들이 농부들, 예술가들, 목조 조각가들이었을 것이라고 상상한다. 그리고 예수의 죽음을 여러 가지 감정으로 묵상해본다. 로렌스는 수많은 십자가상들로부터 느꼈던 다양한 감정들을 「티롤의 십자가들」에서 "모든 비극적 예술은 동일한 시도의 일부다"(All tragic art is part of the same attempt, *Phoenix*, 84)라고 말한다. 예수의 표정은 다양하다. 즉 자기가 죽어야 한다는 사실을 알고서 고뇌로 쓰라리며, 심장은 뛰고 있지만 소용없다는 것을 의식한다. 애조에 빠진 감상적인 모습으로 보이는가 하면, 자신의 비참성에 복종하기도 하는 모습이다. 선정주의적sensationalistic이 되어버리며, 생각에 빠져 꿈꾸고 초조해하며, 마지막을 기다리면서 의righteousness와 소망의 감정으로 영혼이 고요해진다. 그런가 하면 짐승처럼 되어버린 군중들을 바라보면서 그들에게 자신을 구경거리로 제공해야 하는 것에 대해 치욕을 느끼고 '나는 너희들과 같은 사람이다. 나는 너희들이 하는 것처럼 거기서 나를 보고 소리를 지르면서 너희들 가운데서 함께 있을 수 있다.

그러나 나는 그렇게 하지 않고 여기 십자가 위에 있다.'라고 생각하는 모습도 나타난다(*Phoenix*, 86). 이러한 죽음의 십자가상들에 나타난 예수의 깊은 고통에 관한 묵상들은 로렌스의 만년의 시기에 쓰였다. 폐결핵 말기에 이른 로렌스의 고통이 간접적으로 짐작된다. 여행지를 걸어가면서 마주치는 예수의 십자가상들을 하나씩 보면서 이처럼 예수의 의식 내면을 체험할 수 있는 로렌스의 상상력은 곧 작가 자신의 감정이입 상태가 나타난 것이라 할 수 있으며, 그가 비범한 영적 묵상가의 경지에 도달해있음을 말해준다.

2 ▮ 육체의 부활에 대한 명상

그러나 로렌스의 십자가상에 관한 죽음의 명상은 죽음의 상상력으로 끝나지 않는다. 그의 상상력은 다시 '부활한 신'(the risen lord)으로서 치유된 새로운 생명의 모습으로 나타난다. 에세이 「부활한 신」("The Risen Lord", *Phoenix II*, 571-77)에 표현된 로렌스의 종교적 사상은 나중에 중편소설 「죽었던 남자」("The Man Who Died")로 발전되어간다. 로렌스는 십자가에서 죽어가는 예수로부터 벗어나 이제는 부활한 예수에 관심을 돌리며 부활절의 의미를 새롭게 탐색한다. 이 에세이의 권두문은 매우 감동적이다.

> The risen lord, the risen lord (부활하신 주, 부활하신 주)
> has risen in the flesh, (육체로 부활하시고,)
> and treads the earth to feel the soil (땅을 밟고 흙을 느끼시며)

though his feet are still nesh. (비록 두 발은 아직 연약하지만)

중편소설 「죽었던 남자」에서 로렌스의 상상력을 채워가는 과정은 상처들로 가득하고 파괴되었던 육체가 죽음에서 깨어나 생명으로 되돌아오는 치유와 부활의 완성이 단계적으로 묘사된다. 주인공은 아이시스 Isis 사원의 여성 사제의 딸―실제로는 여성 사제를 암시하기도 하는데, 이 처녀를 만나 그녀의 보살핌과 신체적 접촉과 마사지에 의한 따뜻하고 부드러운 생명의 공급을 통해 파괴된 육체와 상처들이 치유되는데, 이 과정에서 생성되는 여러 가지 느낌과 감각들에 마음을 고스란히 맡기고 이를 받아들이는 수용적이고 몰입적인 태도를 보여준다. 서서히 단계적으로 일어나는 주인공의 이러한 느낌과 감각을 작가는 불, 빛, 꽃, 새벽(여명) 등과 같은 이미지들과 상징들을 사용하여 표현한다. 이러한 로렌스의 글쓰기의 특징은 '명상적'이라 할 수 있다. 이런 글쓰기는 작가가 주인공을 자신의 대리인으로 설정하여 감정이입적인 글을 쓰고 있다고 할 수 있다.

그는 이렇게 느꼈다. "나의 몸은 다시 따뜻해질 것이다, 그러면 나는 완전한 인간이 될 것이다! 나의 몸은 아침과 같이 따뜻해질 것이다. 나는 인간이 될 것이다. 그런 인간에게는 이해력이란 필요가 없다. 그런 존재는 새로움이 필요하다. 그 여인이 나에게 새로움을 가져다 준다―" … 그러자 서서히, 서서히, 그의 내면의 인간의 완벽한 어둠 속에서 그는 무엇인가 꿈틀거리며 솟아나는 것이 느껴졌다. 새벽이, 새로운 태양이. 새로운 태양이 그의 몸속에서 솟아오르고 있었다. 그 자신의 내면에 있는 완전한 어둠 속에서. 그는 숨을 죽이며 그것을 기다렸다, 두려운 희망으로 몸을 떨면서. ... "이제 나는 나 자신이 아니다. 나는 새로운 무엇이다." ... 그것이 솟아나자, 그는 느꼈다, ... 따뜻함과 빛이 그에게서 나와서 그를 튼튼하게 했다. ... 그는 여인에게 몸을 웅크렸다, 그러자 남성의 불꽃과 남성의 힘이 그의 양 옆구리에서 장엄하게 솟아오르는 것을 느꼈다. '나의 몸은 부활했다!' 그의 옆구리 깊숙한 곳에서 장엄하게 꺾을 수 없는 불길이 타고 있었다, 자신의 태양이 새벽을 깨고 나왔으며, 그 불길이 사지를 따라 달리고 있었다. 그러자 그의 얼굴은 무의식적으로 빛났다. ... '그러나 몸의 지체들은 상하지 않았다?' '그것들은 태양들이다!' 그는 말했다 '몸의 지체들은 당신이 만져서 빛나요. 그것들은 당신과 함께 하여 얻게 되는 속죄예요.'"

He felt: "I am going to be warm again, and I am going to be whole! I shall be warm like the morning. I shall be a man. It doesn't need understanding. It needs newness. She brings me newness−" ... Then slowly, slowly, in the perfect darkness of his inner man, he felt the stir of something coming. A dawn, a new sun. A new sun was coming up in him, in the perfect inner darkness of himself. He waited for it breathless, quivering with a fearful hope. ... "Now I am not myself. I am something new." ... And as it rose, he felt, ... the warmth and the glow slipped from him, leaving him stark. ... He crouched to her, and he felt the blaze of his manhood and his power rise up in his loins, magnificent. 'I am risen!' Magnificent, blazing indomitable in the depths of his loins, his own sun dawned, and sent its fire running along his limbs, so that his face shone unconsciously. ... 'But they no longer hurt?' 'They are suns!' he said 'They shine from your touch. They are my atonement with you.'" (1134-35)

위의 인용한 글에서 생명에너지가 중심이 되는 불, 빛, 태양 등과 같은 이미지들과 상징들이 지속되고 반복되면서 생명의 부활이 표현되고 있음을 알 수 있다. 기도문이나 주문은 지속적인 반복에 의해 그 주체의 소원이 성취되는 효과를 얻는다. 작가의 글쓰기에서 이러한 반복적 특징은 누적효과가 나타나도록 한다. 그 결과로 소망과 치유가 이루어지게 할 수 있다. 로렌스는 자신의 문학적 목적이 "소망 성취"(wish-fulfillment)라고 밝힌 바 있다. 어떤 의도하는 소망이 이루어지게 하려면 치유나 회복, 구원과 관련된 심상들이 지속적으로 반복되게 함으로써 가능하다. 주술의 효과라는 것도 바로 이러한 효과인 것이다. 이럴 때 심리적으로 억압되었던 스트레스와 죽음의 상태로 잠들어 있었던 에너지가 살아나고, 의도하는 소망이 실현되는 경험이 일어나게 되는 것이다. 종교적 주문이나 기도문에서뿐만 아니라, 음악이나 동시나 동요에 사용된 후렴구들에서도 우리는 이와 같은 반복의 누적효과가 나타난다는 사실을 잘 안다.

위의 장면을 계속해서 살펴보면 부활의 생명을 얻은 주인공이 새벽의 여명을 눈앞에 두고 사원 밖으로 나와서 생생하게 빛나는 별들을 바라본다. 이때 그러한 별들은 마치 비가 쏟아지듯 바다를 향해 내려 비추며, 초록색의 천랑성이 바다 수평선을 향해 비처럼 빛을 내려 쏟는다. 이 장면에 묘사된 "살아있는 별들"(vivid stars)과 "초록색의 천랑성"(the dogstar green)은 부활한 생명을 상징하는 데 아주 적합한 사용이다 (1136). 이때 부활한 주인공의 마음에는 이러한 새벽의 우주가 마치 어둠속에서 이슬에 젖은 채 여러 겹의 곡선들로 이루어진 꽃잎들에 쌓여 있는 "보이지 않는 한 송이 장미꽃"(an invisible rose)과 같이 느껴진다. 이러한 새벽의 우주를 작가는 또 다른 표현으로 "거대한 우주의 장미" (the great rose of Space)라고 말한다. 이제 그러한 장미꽃의 우주가 주인공을 둘러싸고 있고, 그는 그런 우주의 일부이며, 그와 같은 우주 향기의 한 알갱이가 된 것처럼 느낀다.

> 우주는 마치 새벽이슬이 만져주는 어둠의 공간에서 보이지 않는 한 송이의 장미꽃처럼 어두운 꽃잎이 되어 그 얼마나 멋진 곡선들과 포개져있는 접이들로 가득해있는가! … 그런 우주가 어떻게 내 몸을 두르고 있는가, 나는 그러한 우주의 일부분이며, 우주의 거대한 장미이다. 내 몸은 그런 우주적 향기의 한 알갱이와 같다.

> How full of curves and folds like an invisible rose of dark-petalled openness that shows where the dew touches its darkness! … How it leans around me, and I am a part of it, the great rose of Space. I am like a grain of its perfume, … (1136)

이러한 장면에서 작가가 표현한 장미꽃이나 새벽의 별, 별빛은 거룩하고 신성한 생명과 생명의 부활을 상징한다.

로렌스가 묘사하는 생명의 부활과 관련하여 등장하는 이미지들 중에서 불, 태양, 빛, 새벽(여명), 꽃 등과 같은 이미지들은 종교적인 명상이나 기도를 할 때 흔히 체험되는 사례에 속한다. 이 작품에서 그리스도 예수의 부활과 치유의 과정에서 생성되는 이러한 이미지들은 강렬하거나 또는 부드러운 에너지를 지닌 생명적 이미지들이며 이러한 이미지들이 반복된다. 실제적으로 기독교 성도들의 영적인 심리에서 가장 흔하게 체험되는 것이 '불'이다. 이러한 불은 흔히 '성령의 불'이라고 불려진다. 불의 이미지들은 인간에게서 추하고 사악한 것들이 태워져서 제련된 황금처럼 정결하게 되고, 순수하고 신성한 원초적인 존재 상태로 되돌아가게 하는 기능을 한다. 로렌스의 에세이 「부활한 신」에서 봄철에 대지에서 불처럼 피어나는 꽃, 즉 성령의 불/꽃은 겨울의 악한 죽음의 세력을 이겨내고 승리자가 되어 일어서는 새로운 생명의 부활을 상징한다. "구주 예수는 부활했다. 일어나는 밀과 매화와 같은 예수는 사악하고 질투하는 자들에게 죽임을 당한 후에 다시 땅 위에 살아나셔서 우리들에게 부드럽고 친절하시다"(The Lord is risen. The Lord of the rising wheat and the plum blossoms is warm and kind upon earth again, after having been done to death by the evil and the jealous ones. "The Risen Lord", *Phoenix II*, 574)라고 말한다. 로렌스는 이 에세이에서 소생하는 식물들과 연관되는 부활절 축제들의 한 가지 사례가 시칠리아Sicily에서 행해진다고 밝힌다. 이곳의 여인들은 자라나는 곡물을 담은 접시들을 교회로 가져오고, 푸른빛처럼 부드럽고 가느다랗게 자라나는 푸른 잎사귀들을 작은 웅덩이에 세운 제단의 둘레에 채워 넣는다(573). 크리스마스보다도 더 중요한 절기가 부활절이라는 사실을 로렌스는 역설한다.

에세이 「부활한 신」에서, 로렌스에 의하면 예수의 부활에서 참된 진리는 성경 복음에서 말하듯 천상에 올라가서 살아가는 것이 아니다. 예수 그리스도는 완전한 인간 육체의 기관들을 가지고 살과 피를 가진 생명체로 부활했으므로, 천상이 아닌 지상에서 다른 사람들 가운데서 함께 어울려 삶을 살아가는 것이 위대한 것이다. 이러한 이미지가 우리 인간에게는 내적 상태의 이미지에 부합된다고 본다. 부활한 예수를 위한 참된 삶은 식물들이 지상에서 꽃을 피우며 장엄하고 온전한 생명을 살아가듯 땅 위에서 완선한 육체적 생명으로 살아갈 때 이루어진다(574-75). 그런데 이와 같은 참된 삶은 기계적인 반생명의 인습the mechanical anti-life convention과 돈의 탐욕the money-lust로부터 자유롭고 해방될 때 가능하다(575). 다시 말해 세속의 추악한 물질주의와 탐욕의 표본인 맘몬, 즉 물질의 신Mammon, 혹은 사탄Satan에게 사로잡혀있을 때는 불가능하다. 하지만 부활한 인간에게는 결혼이나 가정과 자녀, 친구와의 교제와 같은 지상에서의 즐거움을 추구하는 삶이 가치가 크며, 그것을 거부한다면 오류에 빠진다는 것이다. 혼자만의 고독한 삶이나 자기몰입으로 살아가는 삶은 무의미하고 무가치한 것이며, 자기기만일 뿐이다. 로렌스가 에세이 「부활한 신」에서 주장하는 이러한 사상은 중편소설인 「죽었던 남자」("The Man Who Died")에서 다시 충실하게 구현된다.

기독교에서 불의 상징은 불의 심판에서 성령의 불에 이르기까지 셀 수 없이 많다. 그 중에서 영혼의 정화와 관련된 불의 이미지와 상징은 죄의 성품을 본질적으로 지닌 인간으로 하여금 불을 통과함으로써 삶의 찌꺼기를 말끔히 태워버리게 하며, 최초의 순수성을 회복하는 경험이 일어나게 한다(진 쿠퍼, 이윤기 옮김, 『세계문화 상징사전』, 26). 홍은택의 언급처럼 이러한 경험을 밀턴John Milton의 『실낙원』(Paradise Lost)에서 보면 에덴동산을 다시 얻는 것이다. 밀턴이 묘사한 에덴동산은 불로 둘러싸여 있거나 화염의 칼을 가진 수호자들이 지키고 있다. 이런 수호자들이 지닌 불은 무지한 자들과 몽매한 자들이 낙원으로 들어가는 것을 막는 역할을 한다. 한편 모세는 불타는 가시덤불에서 신을 보았다. 뿐만 아니라 성령도 불/꽃의 모습으로 나타난다. 성령 강림절에 가톨릭교회는 성령의 불꽃을 상징할 때 빨강 색깔을 사용한다. 이런 점은 불이 신의 형상이자 신 자체임을 암시한다(214-15).

로렌스는 인간의 이러한 종교적인 순수성과 원초적인 회복상태를 '경이'(wonder)라고 보았으며, 교조주의적이고 형식론적인 종교는 이러한 '경이'를 불러일으키지 못하고 지겹게 하며 역동적인 생명을 죽인다고 보았다. 반면에 경이가 있는 한에서 과학도 종교적이라고 말한다. "참된 경이의 상태에 있는 과학은 종교와 마찬가지로 종교적이다. 그러나 훈계적인 과학은 교조적인 종교와 똑같이 죽은 것이고 지겨운 것이다"(Science in its true condition of wonder is as religious as any religion. But didactic science is as dead and boring as dogmatic religion, Phoenix II, 599). 이처럼 로렌스가 의미하는 종교는 어떤 특별한 영역에 제한되지 않고 인간의 존재를 심리적으로나 의식적으로나 경이와 신성, 신비와 같은 상태에 도달할 수 있도록 한다면 그것이 어떤 형태이든 종교라고 생각하는 견해를 보인다.

하지만 재미있는 일은 이러한 내용을 담은 소설 「죽었던 남자」의 제I부가 1928년에 미국의 *Forum* 지에 발표되었을 때 독자로부터 성경의 기록을 왜곡했으며, 성경을 자기방식으로 합리화하는 시도를 했으므로 불경스러운 일을 저질렀고, "인류의 적"(enemy of human beings), "용서받지 못할 죄"(unpardonable sin)를 지었다고 비난하는 일이 발생했다는 것이다(공덕룡, 832). 이 소설에서 부활을 주제로 한 로렌스의 종교는 기독교를 바탕으로 하면서도 이집트의 아이시스와 오시리스Osiris의 신화를 함께 교차시켜놓은 혼합적 형태이다. 이와 같은 점에서 로렌스는 기독교를 완전히 배제하지도 않고 동시에 이방종교를 배제하지노 않는, 두 종교의 경계를 넘나들고 가로지른다. 이런 종교적 태도는 정통 기독교계에서 교리적으로 바라볼 때 용서할 수 없는 이단에 해당하며 비난을 불러일으킴은 너무나 당연한 것이다. 하지만 로렌스는 도그마적인 종교를 초월하여 참된 생명의 빛과 불을 제공할 수 있는 종교라면 어떤 종교일지라도 수용하는 예술가이며, 그런 종교야말로 진정한 종교라고 믿었다.

「죽었던 남자」에서 로렌스가 사용한 이미저리는 개인적인 것으로부터 우주적인 것으로, 또한 유기적인 것으로부터 비유기적인 것으로 점차 확장되고 통합되는 특징이 있다. 훔마John B. Humma는 로렌스의 이런 이미저리를 "통합적 이미저리"(the imagery of integration)이라고 말하고, 이 작품의 주제는 개인적인 능력들을 통합하고 개인과 다른 개인, 개인과 우주 사이에 생명적인 연결을 시도하는 것이라고 본다(101). 로렌스는 독자들에게 이러한 연결을 주로 통합적 이미저리를 통해 확립한다는 것이다. 성장하고 확장되는 이러한 이미저리는 점점 더 거대한 세계들을 품고, 점점 더 넓은 범주들을 끌어들인다. 즉 지구로부터 태양으로, 더 나아가 우주로 향하며, 이러한 범주들을 상호적인 포괄이 되게 하고, 결국 "하나의 통합된 자연의 전체"(an integrated, natural whole)가 된다(102). 이러한 연결과 통합이 곧 인간을 참된 종교적 희열과 무한한 생명감으로 충만케 하고, 자아 완성의 감정적 실현을 가져온다고 본다. 이와 같은 점에서 로렌스는 물리적인 세계를 기계의 메타포metaphor라고 생각하는 진영에 대항하는 싸움을 펼쳤으며(Hagan, 19), 1917년에 쓴 한 편지에서 "우주에는 하나의 원리가 있는데, 인간은 종교적으로 그러한 우주의 원리를 지향한다. 그것은 곧 우주 자체의 생명이다"(There is a *principle* in the universe, towards which man turns religiously—a *life* of the universe itself, Hagan, 19)라고 밝혔다. 다시 말해 로렌스가 믿는 종교는 우주생명과의 연결에 의한 합일감정의 여부와 그 강도에 따라 종교적 가치가 결정되는 것이다.

3 ▌ 그리스도인과 반그리스도인 사이에서

로렌스는 기독교 및 교회와의 관계에서 시기와 세월의 흐름에 따라 친화적 혹은 거부적인 태도에 있어서 상당한 변화를 보인다. 고돈David J. Gordon에 의하면, 로렌스는 예수와 바울이 2000년의 시간이 지나는 세월

동안 인류에게 영적 자본a psychic capital을 제공한 영웅들로서 비록 현재
에는 그들의 영향이 한탄할 수 있는 것이지만 세상에 영적인 힘을 던졌
고 인간의 의식을 확장했다고 보았다는 것이다(111). 로렌스는 바울의
개종에 매혹되었고 자신도 기독교 초기시대에 살았더라면 기독교인이
되었을 것이라고 고백했다. 그리고 예수가 물고기 혹은 고래로 상징된
것에도 역시 매혹을 느꼈는데, 그것은 "창조적 재생"(a creative rebirth,
111)을 위해 미지의 바다로 뛰어들었기 때문이라는 것이다. 영적인 권
능과 실제적인 권능이 모두 중요하고, 사색하는 사람들과 행동하는 사
람들의 두 부류가 모두 중요하다고 로렌스는 인식했지만, 그에게는 "사
상의 모험가들"(thought-adventurers)이 훨씬 더 중요하였다. 왜냐하면
사회적 형태들 중의 어느 것보다도 의식의 혁명을 로렌스가 원했기 때
문이다(111). 앎knowing을 통과하여 성취하는 자기실현self-realization에 의
하지 않고는 "완전한 존재"(full being)로 되돌아가는 길을 실제적으로
붙잡을 수 없다고 여겼다. 로렌스가 무엇보다 증오했던 것은 자기주도
적인 의식을 결여한 자동화automatism, 기계화mechanization였고, 그런 것으
로는 더욱 크고 높은 의식에 이를 수 없다고 여겼다(112). 이와 같은 점
에서 로렌스는 기독교에 대해 종교적 전체를 부정하고 배격하지 않았으
며, 생명력이 결여된 형식주의와 고착된 도그마에 한정해서 강하게 비
판하는 태도를 보였다. 그는 기독교와의 관계에 있어서 경계인의 자세
를 취했으며 양쪽 진영을 왔다 갔다 하는 발걸음을 걸었다.

로렌스의 문학작품(시, 소설, 드라마)은 아주 명백하게, 그리고 빈
번하게 성경의 텍스트를 다시쓰기rework 한다(Wright, 1). 로렌스의 창작

은 그의 글쓰기 경력의 모든 단계에서 성경의 인물들과 상징들을 자주 인용하는데, 로렌스의 언어는 심지어 성경으로부터 어떤 특별한 문장을 환기하지 않을 때조차도 영어흠정성경의 리듬들이 배어있다. 로렌스 작품의 텍스트가 성경을 흡수하고 변형하는 이러한 글쓰기는 상호텍스트적인 것이다. 예컨대 로렌스의 시, '창조의 작업'(The Work of Creation)에는 영어 킹 제임스King James 성경이나 영어흠정성경에서 서른 번 이상씩 등장하는 성경적 표현인 '나타나서 지나가리라'(it came to pass)가 사용되며, '보라'(Lo)라는 말이 많이 나타나고 있다.

로렌스가 기독교를 다루는 양상과 내용은 초기시절에서 중기와 후기로 가면서 상당한 변화를 나타낸다. 자서전적 소설인『아들과 연인』(*Sons and Lovers*)에서 로렌스를 반영하고 있는 주인공 포올Paul은 사랑하는 관계에 있는 미리암Miriam이 기독교에 대해 절대적인 믿음을 바치는 태도에 거부감을 보인다. 그러나 이 작품에는 포올의 어머니가 그를 임신한 상태에서 들판을 바라볼 때 추수하여 세워놓은 짚단들이 마치 구약성경에서 요셉의 형들이 요셉에게 머리를 숙여 절을 하는 것과 같은 환상적 광경을 떠올리는 장면이 등장한다. 또 작품의 뒤로 가면 포올이 연상의 연인인 클라라Clara와 탄광지대 주변을 걸으면서 그의 어린 시절에 탄광에서 솟아나는 연기와 내뿜는 불을 보았을 때 구약성경에 나오는 장면인, 모세가 광야에서 이스라엘 백성을 인도할 때의 낮에는 구름의 기둥, 밤에는 불의 기둥으로 여호와 하나님이 그들을 보호하고 안내했던 것을 연상했다고 이야기한다. 이 외에도 성경에 등장하는 상징들과 표현들이 곳곳에서 차용되고 있다.

로렌스 작품이 중후반기로 갈수록 범신론의 범주에 속하는 그의 상표격인 '어둠의 신'(Dark God)이 등장한다. 이러한 신은 기독교에서 벗어난 이단적인 성격을 내포하고 있다. 하지만 초기의『아들과 연인』에서는 눈에 확연히 감지될 만큼 강하게 부각되지 않았고 자아 내면에 잠재력으로 남아있었다. 그렇지만 중기의『무지개』(*The Rainbow*),『사랑하는 여인들』(*Women in Love*),『아론의 지팡이』(*Aaron's Rod*),『캥거루』(*Kangaroo*)로 나아감에 따라 '어둠의 신'의 모습은 자아 내부에서 강도를 점점 더하고, 더욱 빈번히 부상한다. 그러다가 후기의『날개 달린 뱀』(*The Plumed Serpent*)에서는 내적 자아의 외현된 모습, 즉 현현mani-festation의 형태로 발전한다.『무지개』,『사랑하는 여인들』에서는 등장인물들을 위해 구약성경에 묘사된 태초 낙원의 아담과 이브의 이미지들이 동원되기도 하고, 중세적인 성당 건물과 성당 안의 제단 등이 중요한 장면의 삽화로서 묘사된다. 그러나『아론의 지팡이』,『캥거루』에서는 차용된 성경의 많은 이미지와 상징들은 풍자적인 패러디의 형태를 띠고 부상한다. 그리하여 기독교적 친화성은 갈수록 감소하고 탈기독교적인 '어둠의 신'이 더욱 지배한다. 그러다가『날개 달린 뱀』과 같은 후기 작품에 이르면 로렌스는 반기독교적으로 급변하는데, 아메리카 인디언들의 전통적인 종교, 즉 범신론적 자연종교로 기울어진다. 반기독교적인 어둠의 신들이 복원됨에 따라 기독교 교회의 성상과 교회건물은 파괴되고, 이교적 신들을 찬양하고 경배하는 케짤코틀 교회로 대체된다. 하지만『채털리 부인의 사랑』(*The Lady Chatterley's Lover*)으로 나아가면 기독교의 박애정신을 가진 등장인물들이 다시 등장한다. 그렇다고 해서 작품의 기조가 기독교적 친화성을 주축으로 삼는 것은 아니다. 이 작품에서는 남녀의 육체적 성애가 중심이 되어 인간구원에 이르게 되는 사적 종교가 부상한다. 이 작품에 뒤이어 출판된 「죽었던 남자」로 나아가면 앞에서 이미 살펴보았듯이 남녀 간의 성애를 구원의 중심적인 매개로 삼으면서 기독교의 핵심사상인 예수의 부활을 이집트의 오시리스와 아이시스라는 부활신화와 접목한다. 신화적인 통합적 종교가 전혀 새로운 모습을 띠고 구현되는 것이다.

이상에서 살펴본 바처럼 로렌스의 기독교에 대한 친화적인 취향과 반기독교적인 취향은 시기에 따라 변화되며 그 정도는 차이가 있지만 늘 혼재한다고 요약할 수 있다. 이처럼 로렌스는 친기독교와 반기독교적인 세계를 끊임없이 왕복하는 교차적 운동을 보여준다.

로렌스가 만년에 신약성경의 「요한계시록」을 비판적으로 해석하여 쓴 『묵시록』(Apocalypse)에서 로렌스는 「요한계시록」에는 외래적인 문화와 이교적 요소들이 상당히 유입되었다는 점을 밝히고 있다. 그러한 요소들은 필자인 요한과 성경 필사자들에 의해서 유대종교와 기독교를 위해 끼워 맞추는 방식으로 왜곡되었으며 입맛에 맞게 첨삭되었다고 밝힌다. 이처럼 로렌스의 「요한계시록」에 대한 연구는 폭넓게 자료를 수집하고 대조분석과 비교연구의 방법을 통해 깊이 있게 천착한 것이다. 로렌스는 기본적으로 예술적 작가이지만 문화인류학자, 고고학자, 문헌학자, 서지학자로서 놀라운 전문성을 소유한 지식인이다. 이 책에서 그는 역사적으로 이교적 요소들이 유입된 흔적들이 많다는 사실을 상세히 밝히는 가운데 요한이라는 인물은 당대의 놀라운 독서가이자 지식인이며 학자이기도 했다는 점을 지적한다. 요한은 방대한 역사적 문헌들에 해박했으며 그가 쓴 계시록에서 그러한 이교적 문헌들의 독서로부터 알게 된 비유대적, 비기독교적인 문화와 종교적 요소들을 접목시킨 사실에 대해 교묘하게 숨기고 왜곡시켰다고 로렌스는 비난한다. 로렌스는 본성이 '종교적 구도자'(religious seeker)였지만, 무엇을 통해서, 그리고 어떤 종교에서 구원을 찾을 수 있는가에 대해서는 열린 마음의 소유자였다. 특정의 종교에 대해 배타적이거나 폐쇄적이지 않으며, 종교적 도그마를 고집하는 형식주의자나 근본주의자를 비난한다.

로렌스가 종교적 구원에 있어서 가장 본질적으로 중요하다고 보는 요소는 자연 그대로의 실재성과 역동성이다. 어떤 사상이나 이념에 못을 박아 고정하는 것은 생명의 본질을 왜곡하고 타락시킬 뿐이라고 생각한다. 생명은 고성되지 않는 사발적인 본성을 가지고 있으며, 따라서 끊임없이 역동적으로 운동하고, 변화한다고 본다. 이러한 로렌스의 태도에서 그는 문화·종교 다원주의자의 길을 걷고 있음을 볼 수 있다. 이런 맥락에서 보면 로렌스가 바리새인이나 사두개와 같은 태도를 혐오하는 것은 당연하다. 로렌스에게 「요한계시록」은 비판받아야 하는 책이지만 초기의 원시 기독교는 절기와 의례를 통해 자연과 우주로 향해 열려있는 옛 인류의 의식을 반영하고 있다고 주장한다. 이와 같은 점에서 보면 초기의 원시기독교는 우주·자연과의 연결과 합일에 바탕을 두고 있는 고대의 이교 사상과 일치하는 양상들이 많다. 즉 두 종교는 모두 다 동일하게 우주 자연과의 영적인 확장을 도모하고 그것과의 합일로 인도한다고 본다. 인간과 우주의 실체적인 진리를 인식하고 있는 로렌스의 입장에서 볼 때 기독교는 비난받을 요소들을 가진 것이 사실이지만 성경의 전부가 그런 것이라고 보지는 않는 것이다. 그래서 어떤 때에는 성경으로부터 이미지와 상징과 인물들을 즐겨 인용하기도 하고, 때로는 패러디 형태로 풍자하고 비난하는 태도를 보이기도 하는 것이다.

로렌스는 친그리스도자인가, 반그리스도자인가? 이러한 질문에 대해 이분법으로 재단할 수는 없다. 이러한 사실을 지금까지의 논의에서 알 수 있었다. 그런데 기독교의 교리를 통렬히 비난할 때의 로렌스는 니체와 닮은 반그리스도자로 여겨지기도 한다. 로렌스가 격렬한 반그리스도자로서의 태도를 보이는 것은 오직 『날개 달린 뱀』에서만 볼 수 있다. 다른 작품들에서는 기독교에 대해서 비판적인 부분들이 등장한다고 하더라도 그런 정도로까지 심하게 나아가지는 않는다. 니체의 경우는 아버지가 목사였고 일찍 세상을 떠났지만, 부모는 아들인 니체가 목사가 되기를 간절히 원했다. 하지만 그들의 소망을 저버렸던 니체는 저서 『반그리스도자』(Anti-Christ, Der Antichrist)와 『짜라투스트라는 이렇게 말했다』(Also Sprach Zarathustra)와 같은 철학서들을 통해 기독교 도덕의 유약성을 부각시키고 기독교를 노예 도덕을 가르치는 종교로 비난한다. 그러나 로렌스가 부분적으로 니체와 유사한 비판적 태도를 보인다고 해서 그를 반그리스도자로 재단한다면 이것은 전혀 오해이다. 만약 그가 반그리스도자라면 만년에 여러 가지 형상으로 된 십자가의 예수에 관해 쓴 에세이들이나 중편소설인 「죽었던 남자」에서 예수 그리스도에게 그처럼 큰 관심을 가졌겠는가? 그것도 나무에 못이 박혀 피를 흘리며 처참하게 죽어가는 인간적인 모습을 주제로 하여 명상을 할 수 있겠는가? 로렌스가 어떤 특정한 시기와 특정한 작품에서 반그리스도자로 등장하는 것은 어디까지나 부분적인 모습일 뿐이다. 외견상으로 로렌스와 니체 사이에 유사성이 있는 듯이 보이는 대목들이 나타나지만 전체적인 생애의 스펙트럼에서 본다면 로렌스는 니체와 본질적으로 큰 차이가 있다(Montgomery, 73-131; Widmer, 115-31, edited by Meyers 참조). 로렌스는 어릴 때부터 가정과 교회를 통해 성경 읽기와 성경 교육을 받으면서 자라났으며, 특히 「요한계시록」을 뼈 속에 지니고 살았다고 토로할 만큼 성경과 기독교의 영향을 절대적으로 받고 성장한 작가이다("*The Dragon of the Apocalypse* by Frederick Carter", *Phoenix*, 302-03). 하지만 정통 기독교 교리와는 달리 인간의 구원을 유일신 여호와 하나님과 예수에만 한정하지 않는다. 로렌스에게 예수 그리스도는 여러 다양한 신적 존재들 중의 하나일 뿐이다. 그는 신비주의적인 학파에 속해있는 브라바츠키E. P. Blavatsky, 소로우H. D. Thoreau, 에머슨R. W. Emerson, 뵈메Jacob Boehme, 에크하르트Johannes Eckhart 등과 유사하게 자연과 우주 자체를 구원의 근원으로 보고 거기에 순응하고 합일할 때 구원이 실현될 수 있다고 믿는다. 로렌스에게 인간은 모두 신적 존재로 변환될 수 있으며 그럴 때 최고의 존재가 실현될 수 있다. 이런 사상은 범신론 혹은 물활론에 속하는 것이다. 낭만주의 문인들도 신에 대해 이와 유사한 개념을 가졌다. 예컨대 코울리지S. T. Coleridge, 워즈워드William Wordsworth, 브레이크William Blake, 셸리P. B. Shelly 등이 그러하다(Montgomery, 230).

예이츠W. B. Yeats의 경우를 살펴보면 초기 4세기 동안의 기독교나 초기 아일랜드 기독교에 나타난 "거룩한 존재의 광휘"(splendour of

Divine Being)와 같은 것에 이끌렸다고 한다. 거기에서는 "존재의 통일" (Unity of Being)이 나타나 있으며, 종교적, 미학적 실제생활이 분리되지 않고 합일되어 있다고 보였다. 예이츠는 이러한 그리스도의 모습이 참된 것이라고 보았으며 비잔틴 모자이크에서 이런 점을 발견했다고 한다. 이것이 초기의 기독교였으며 후기 르네상스의 기독교와 완연하게 구별된다고 생각했다. 그런데 로렌스에게서 발견되는 것도 역시 이와 비슷한 유형의 신이다. 로렌스에 의하면 초기 기독교 교회에서 예수는 "우주적인 그리스도"(cosmic Christ)이며, 우주의 위대한 통치자로서 "우주의 힘"(the Power of the Cosmos)을 보유했다고 말한다. 로렌스가 보기에 초기 기독교는 "별의 운행자"(Star-mover)의 장엄함과 인간 영혼의 전체적인 거대한 탐구를 내포하였다. 하지만 이러한 정신은 근대의 개신교와 가톨릭에서는 모두 다 멀어져 버렸다는 것이다. 이처럼 변질된 기독교는 초기 기독교와는 달리 우주로부터 단절됨으로써 우주적 장엄함 대신에 사소한 도덕성으로 갇혀버렸다는 것이다(Montgomery, 229). 로렌스는 중세의 천문학에서 묘사되는 "거대한 우주의 신"(a vast Cosmic lord)의 개념에 매혹되었다고 한다. 신지학자였던 카터Frederick Carter가 쓴 책의 원고, 『묵시록의 용』(The Dragon of the Apocalypse)을 우편물로 받았을 때의 로렌스는 카터가 해석했던 신의 개념은 광활한 하늘을 무대로 하여 별들과 행성들의 운행을 주관하고, 태양과 달과 다섯 개의 별들, 즉 고대로부터 알려진 영원한 일곱 개의 등불들 가운데서 발을 딛고 서 있는 모습을 하고 있는 것이었다. 이런 신적 존재를 로렌스는 "우주적 그리스도"(Cosmic Christ, Kosmokrator), "우주의 위대한 지배자"(the Great Ruler of the Cosmos), "우주의 권능자"(the Power of the Cosmos)로 이해했다. 이런 신적 존재가 천문학적 상상력과 결합되어 있기 때문에 우주공간 속의 그런 신적 존재를 로렌스는 "황도대의 인간"(Zodiacal man)이라고 불렀다(Montgomery, 229). 다시 말해서 카터와 로렌스는 이러한 천문학적 상상력과 신적 존재의 개념을 공유했던 것이다. 이에 대해서는 로렌스가 쓴 평론 "프레데릭 카터의 『묵시록의 용』"("*The Dragon of the Apocalypse* by Frederic Carter", *Phoenix*, 292-303)에 자세히 기술되어있다. 카터가 말한 묵시록의 용에 대한 해석과 우주적 무대 속의 비전은 유사한 상상력을 가졌던 로렌스에게는 놀라운 매력과 큰 해방감을 주었다(Montgomery, 229-30)고 한다. 근대인들이 이러한 비전을 후기르네상스 시기로부터 상실했던 것은 과학과 물질문명의 발달에 기인한다고 로렌스는 생각했다.

로렌스에게 본질적인 문제는 "어떻게 인간은 자신을 신과 관련지울까"(*Phoenix*, 726-27) 하는 문제였다. 인간은 "어떤 '종교적인 방식으로' 우주에 관련되어 있다"(간접인용, Kalnins, 19). 그러나 이러한 방식은 끊임없이 변화한다. 기독교는 한때 "우리가 전능한 신이라고 부르는, 두렵고 놀랍고 희열에 넘치는 권능자와의 살아있는 접촉을 향한 인간의 욕구를 만족시켰다"(간접인용, Montgomery, 218). 그러나 젊은 시절의 로렌스는 당대의 기독교가 더 이상 인간의 깊은 욕구를 만족시키지 못했을 뿐만 아니라 당대 문명의 깊은 욕구도 만족시킬 수 없었다고 보았다. 로렌스가 기독교 신앙을 상실한 후에 되돌아간 세계는 그보다 앞선 시대의 낭만주의자들의 세계이었다. 낭만주의 문인들은 로렌스에게 또 다른 종류의 종교적 경험을 제공했으며, 로렌스는 낭만주의 문인들과 예술적 신념을 공유했다. 몽고메리에 의하면, 로렌스가 생각한 진정한 예술이란 종교적이라는 것이다. 모든 예술에서 본질적인 감정은 종교적이며, 따라서 예술은 독단주의가 없는 종교적 형태라고 본다(218).

로렌스의 낭만주의와 기독교 사이의 관계는 엘리엇T. S. Eliot과는 대립된다. 엘리엇은 유일하게 권위를 가진 종교는 가톨릭이며 이와 달리 생각하는 것을 이단으로 보았다. 그는 로렌스를 병적인 이단으로 공격했는데 로렌스의 관찰들을 속물근성, 성적 히스테리, 무지 등과 결부시켰다(Montgomery, 226). 하지만 이것은 로렌스의 깊은 통찰력에 대한 오해에서 비롯된 것이다. 이와는 달리 로렌스와 예이츠의 유사성은 폭넓고 놀랄만한 것이었다. 이 두 작가가 탐구한 영토는 대부분이 동일하다(Montgomery, 219). 로렌스는 종교적으로 율법주의적인 것에 반감을 가졌으며, 브레이크William Blake가 신을 인간화하는 개념과 입장이 일치한다. 브레이크는 "모든 신들은 인간의 가슴 속에 존재한다"고 보았다(Montgomery, 227). 로렌스나 예이츠, 브레이크와 같은 낭만주의적 시인들은 신을 인성과 신성의 융합으로 보는 입장을 견지했다. 이에 반해 엘리엇은 그러한 입장이 신의 초자연성을 파괴한다고 비난한다. 브레이크와 예이츠와 로렌스에게는 모든 종교가 하나이다. 하지만 로렌스나 예이츠를 크리스천 대 비크리스천으로 대별시키는 것은 엘리엇이 생각하는 것처럼 단순한 문제가 아니다. 예이츠와 로렌스는 다른 종교들에 존재하는 진리가 기독교에도 역시 존재한다고 믿었다. 그들은 이런 점에서 자기들 스스로를 기독교인으로 생각했을 수도 있다(Montgomery,

228). 로렌스는 죽기 직전에 쓴 글에서 기독교와 자기 사이에 실제적으로는 결코 투쟁은 없었다고 말하면서 "아마도 나와 비국교도 사이에 어떤 투쟁은 있다. 왜냐하면 깊은 곳에서는 나의 본성은 가톨릭적이기 때문이다. 그러나 나는 모든 존재에게 그림자를 던지고 있는 신을 믿는다. 예수는 신의 아들들 중의 하나라고 믿는다"라고 말했다는 것이다(간접인용, Montgomery, 228-29). 그래서 로렌스는 "미래의 위대한 종교는 다른 구원자들을 알 것이다: 인간들은 다양하게, 다양한 나라들에서, 다양한 풍토에서, 다양한 세기들에서 구원되어질 것이다. … 종교의 큰 재앙은 각 종교가 하나의 배타적인 구원자를 주장하는 경향이다. 기독교를 증오하는 이유는 신에게 나아가는 길이 오직 하나의 길뿐이라고 선언하기 때문이다"(간접인용, Montgomery, 229)라고 말한다.

로렌스를 복합주의적이고, 다원주의적인 종교를 믿는 괴상한 작가라고 비판하는 진영은 정통적 기독교인들뿐이다. 앞에서 살펴본 바 있듯이 로렌스가 「요한계시록」을 분석하고 비판한 『묵시록』을 읽어보면 그는 단순하게 이분법적인 기독교 교리의 기준으로 비난할 수 있는 인물을 훨씬 넘어선다는 사실이 나타난다. 그가 강조하는 인간의 본질적인 종교적 욕구와 구원의 길이 무엇이며, 그것이 어디에 있는가를 예리하게 지적하는 탁월한 통찰력에 대해 많은 로렌스의 평자들은 공감하지 않을 수 없을 것이다.

로렌스 문학의 성경 자원과 미학적 기능[*]

1 ▎ 로렌스 문학과 성경

로렌스의 문학에서 구약과 신약 성경은 곳곳에서 인용되고 있다. 성경의 인물, 사건, 모티프는 때때로 작품에서 중요한 역할을 한다. 중편소설 「죽었던 남자」("The Man Who Died")는 주인공의 이름이 명시되지는 않지만 죽음에서 부활하는 예수를 중심인물로 삼고 육체적 부활 사건을 새롭게 조명한다.[1] 극작품 『다윗』(*David*)과 미완성 유고 『노아의 홍수』

---

[*] 이 장은 부산대학교 자유과제 학술연구비(2년)에 의하여 연구된 논문인 「로렌스 문학의 성경 자원과 미학적 기능」에서 조금만 수정한 것이며, 한국로렌스학회지 『로렌스 연구』 제20권 3호(2012. 12)에 게재되었다.
[1] 이에 대한 논문으로는 강미숙, 「로렌스와 기독교 문명의 미래」, 『D. H. 로렌스 연구』 제18권 1호, 한국로렌스학회, 2010, 1-26, 그리고 공덕룡, 「D. H. Lawrence의 부활론: *The Man Who Died*를 중심으로」, 『영어영문학』 제32권 4호, 한국영어영문학회, 1986, 831-41을 참조하라.

(*Noah's Flood*)는 구약성경의 역사적 인물과 사건을 중심으로 재창조된 것이다. 장편소설『아론의 지팡이』(*Aron's Rod*)는 작품 제목으로 구약성경의 '출애굽기'의 인물인 아론을 내세우고 그의 행적을 패러디 방식으로 이야기한다. 성경과 직접적인 관계가 있는 작품은 아니지만 주인공을 묘사하는 여러 대목에서 구약성경의 자료를 인유적인 수법으로 활용하고 있다. 이처럼 작품의 제목과 등장인물을 위해 성경의 인물들이 차용되는 사례는 상당수에 이른다. 초기 장편소설『아들과 연인』(*Sons and Lovers*)에서는 주인공으로 폴/바울Paul이 나오고 그의 연인으로 미리암Miriam이 등장한다. 폴은 신약성경에 나오는 사도 바울의 이름이며, 미리암은 구약성경에 나오는 모세의 누이의 이름이다.

　로렌스의 논문적인 문집(에세이집)인『묵시록』(*Apocalypse*)은 신약성경의 '요한계시록'을 문화인류학적, 서지학적, 해석학적으로 접근하고 있는데, 통찰력과 지혜가 번쩍이며, 날카로운 분석과 비평으로 가득 차있다. 기독교와 성경이 로렌스에게 끼친 영향 또는 그의 사상과의 관련성은 여러 다른 에세이에서도 나타나 있다. 대표적인 것으로「부활한 신」("The Risen Lord"),「인간의 삶과 찬송가」("Hymns in a Man's Life"),「종교적이 된다는 것에 대해」("On Being Religious"),「부활」("Resurrection"),「피스가 산을 내려가며」("Climbing Down Pisgah") 등이 있다.

　이 장은 로렌스 문학에서 성경의 자료가 미학적으로 어떻게 활용되고 있고, 성경적 상상력이 어떤 역할을 하는지를 살펴보고자 한다. 먼저, 자서전적인 초기 장편소설『아들과 연인』(*Sons and Lovers*)에서 어린 시절과 청소년 시절을 통해 성경과 기독교가 작가에게 어떻게 작용하는지를 알아볼 것이다. 이와 더불어 전기적 사실이 기술된 몇 편의 에세이들에서 그러한 성장기 시절에 기독교적 영향이 어떻게 기술되는지를 검토할 것이다. 다음으로, 중기 이후의 여러 장편소설들에서 성경의 미학적 활용과 성경적 상상력이 어떤 모습으로 나타나는지, 이어서 로렌스의 여러 극작품들 중에서 구약성경의 소재를 활용한 극작품『다윗』(*David*)과『노아의 홍수』(*Noah's Flood*)를 중심으로 그러한 역할과 상상력이 어떻게 반영되고 있으며, 기독교가 어떻게 재창조되는지에 대해 살펴볼 것이다.

2 ▌ 초기소설과 어린 시절의 기독교

로렌스의 어린 시절과 성장과정을 다룬『아들과 연인』에서 구약성경과 신약성경의 여러 인물과 에피소드들은 곳곳에 산재한다. 예수가 카나 Cana의 혼인 잔칫집에서 물로 술을 만든 기적, 달이 핏빛으로 변하는 '요한계시록'의 사건 등과 같은 성경의 여러 삽화들이 언급되며, 비유나 상징으로 사용된다. 소년시절의 폴은 어두워진 저녁에 함께 어울려 놀던 친구들 사이에서 처절한 싸움이 벌어지는 일이 있었다. 이러한 싸움 끝에는 무서워서 집으로 달려 도망쳤다. 이때 언덕 위로 달이 떠오르는 광경을 보면서 '달이 피가 되리라'는 성경 구절이 생각난다. 신약성경의 '요한계시록' 6장 12절에는 "내가 보니 여섯째 인을 떼실 때에 큰 지진이 나며 해가 검은 털로 짠 상복같이 검어지고 달은 온통 피같이 되며"(『NIV 한영해설성경』, 406)라고 기록되어있다. 한편 폴은 청년기가 되었을 때

사귀고 있던 클라라Clara와 함께 탄광지대를 산책하는 동안 여기저기에 보이는 탄광들에 대해서 얘기를 나누면서 소년시절의 기억을 떠올린다. 낮에는 증기를 내뿜고 밤에는 등불이 켜져 있는 가운데 탄광굴에 불이 타오르는 광경이 마치 성경에 나오는 '낮에는 구름기둥, 밤에는 불기둥' 을 생각나게 했으며, 하나님은 항상 탄광의 꼭대기에 계신다고 생각했 다고 말한다(389). 구약성경 '출애굽기' 13장 21-22절에는 "여호와께서 그들 앞에 가시며 낮에는 구름기둥으로 그들의 길을 인도하시고 밤에는 불기둥을 그들에게 비추사 낮이나 밤이나 진행하게 하시니 낮에는 구름 기둥, 밤에는 불기둥이 백성 앞에서 떠나지 아니 하니라"(102)로 기록되 어있다. 여기에 언급한 대목들은 어린 시절부터 성경이 로렌스의 의식 과 상상력에 얼마나 깊이 침윤되었는지를 짐작케 한다.

폴의 어머니인 모렐 부인Mrs. Morel은 조합주의파 교회congregational church에 다니는 신앙심이 아주 깊은 여인이다. 그녀는 매일 히턴Heaton 목사의 방문을 받는다. 다소 색다르고 공상적인 사상을 지닌 이 젊고 가 난한 목사와 폴의 어머니는 얘기를 나누면서 카나Cana의 결혼식 때에 예 수가 일으킨 기적에 관한 화제로 돌아온다. 목사는 예수가 카나에서 물 을 포도주로 만든 에피소드에 대한 해설을 하면서 이것은 여태까지 물 같이 영감을 받지 않은 부부의 일상생활이, 그리고 그 피까지 비로소 성 령으로 채워지고 포도주같이 된다는 상징이며, 사랑이 생기면 인간의 영적 구조는 변화하여 성령이 채워지고 외모까지 거의 변해지기 마련이 라고 말한다. 이러한 해설을 듣고 폴의 어머니는 젊은 아내와 사별한 목 사에 대해 가엾게 여긴다. 그가 자기의 애정을 성령으로 만들어 버렸다고 생각했기 때문이다(46). 신약성경의 '요한복음' 2장 7-9절은 다음과 같이 기록되어있다: "예수께서 그들에게 이르시되 항아리에 물을 채우라 하신즉 아귀까지 채우니 이제는 떠서 연회장에게 갖다 주라 하시매 갖다 주었더니 연회장은 물로 된 포도주를 맛보고도 어디서 났는지 알지 못하되 물 떠온 하인들은 알더라"(144). 한편 어느 날 저녁에 폴의 어머니는 목사가 돌아간 후 남편에게 야단을 당하자 참을 수가 없어 어린 딸 애니Annie와 갓난아기를 데리고 밖으로 나와 들판을 바라보는 장면이 나온다. 이때 모렐 부인에게 폴이 구약성경의 요셉과 같은 인물이 된 것처럼 여겨진다. 즉 황혼에 물든 들판의 한 모퉁이에서 보리다발로 만든 노적가리 몇 개가 살아있는 양 우뚝 서있는데 그것들이 절을 하고 있는 듯하였다. 그래서 가슴에 안고 있는 아기가 구약성경에 나오는 요셉같이 될지도 모르는 일이라고 생각된다(64). '창세기' 37장 6-7절에는 요셉이 그의 형들에게 다음처럼 말하는 대목이 기록되어있다: "요셉이 그들에게 이르되 청하건대 내가 꾼 꿈을 들으시오. 우리가 밭에서 곡식 단을 묶더니 내 단은 일어서고 당신들의 단은 내 단을 둘러서서 절하더이다"(57). 이런 순간에 폴의 어머니는 사소한 조바심이 사라지고 사물들의 아름다움이 또렷해지며 자신을 바라보는 힘과 평화를 얻게 된다(65).

로렌스의 유년기와 청소년기를 보여주는 성장소설인 『아들과 연인』은 당시의 영국 가정과 사회를 통해 기독교와 성경이 삶의 기초였음을 보여준다. 하지만 특별히 강력한 종교적 성향을 타고난 로렌스에게는 기독교와 성경은 유년시절부터 그의 의식에 심대한 영향을 미쳤다. 성경에서 강조하는 '성령'(holy spirit)은 로렌스에게 어려서부터 매우 뿌리가 깊은 경험으로 자리를 잡는다. 이 소설에서 로렌스의 자화상으로 그려진 폴은 어찌할 수 없을 정도로 강렬하게 느껴지는 육체적 정열pas- sion의 '성령'을 경험한다. 폴은 남편과 별거하는 여성 참정권주의자인 클라라Clara와 사귀면서 육체적 정열 속에서 "참된 감정의 불꽃"(the real flame of feeling, 386)을 체험한다. 그의 연인인 미리암은 폴이 전해주는 이러한 말을 듣고 그것이 "정열 속의 불의 세례"(baptism of fire in pas- sion, 387)라고 생각한다. 미리암은 청교도적인 성향을 강하게 가진 독실한 기독교 신자이기 때문에 폴은 그녀의 도덕적 편협성에 대해 심한 거부감을 느낀다. 로렌스는 성령의 임재 체험과 관련하여, "나는 마치 전능하신 신의 불이 나의 몸을 관통하도록 벌거벗고 서있는 것처럼 항상 느낀다"(I always feel as if I stood naked for the fire of Almighty God to go through me), 그리고 "여러분은 먼저 내 안에 있는 종교적이고 진지한 고통을 겪고 있는 인간을 보아야한다"(You should see the reli- gious, earnest suffering man in me first. Huxley ed., *The Letters*, 190)라고 어느 편지에서 말한 바 있다.

로렌스가 어릴 때부터 기독교적 문화와 환경 속에서 자랐음은 여러 에세이들을 통해서도 발견된다. "인간의 삶과 찬송가"에서 찬송가는 그의 어린 마음을 관통하였으며, '경이'(wonder)로 채웠다고 술회한다. '경이'는 모든 삶에서 종교의 참된 요소라고 부를 수 있으며, 영원한 것과 연관되고 "자연스러운 종교적 감각"(natural religious sense)이라고 말한다(*Phoenix II*, 597-99). 어릴 때 교회에서 불렀던 찬송가였던 "갈릴리 호수"(The Lake of Galilee)는 그 장소가 어딘지 몰랐지만 로렌스의 어린

이 때의 의식에 깊은 영향을 남겼다. 아주 어릴 때부터 성경은 매일 그의 의식 속으로 퍼부어지고 거의 포화점 상태에 도달했다(*Apocalypse*, 3). 그가 읽었던 성경 언어의 여러 부분들은 미처 생각할 수 있거나 어렴풋이 이해할 수 있기 훨씬 이전에 마음과 의식 위로 물 붓듯이 내면에 흠뻑 적셔졌으며, 감정과 사고의 모든 과정을 장악하는 영향력이 되었다(*Apocalypse*, 3).[2] 로렌스는 "성경으로 성장했고 그래서 뼈 속에 성경을 지니고 있었던 것 같았다"(I was brought up on the Bible, and seem to have it in my bones. *Phoenix*, 302)라고 말할 정도였다.

　　로렌스의 회고록에 의하면, 그의 가족은 기독교 개신교파 중 비국교도로서 조합주의파 교회에 다녔다. 그가 어렸을 때 영국 국교회는 속물적인 계급체제를 벗지 못했으며, 감리교파 교회는 개인적인 주정주의에 젖어서 항상 부흥회를 열고 구원에 열광했다. 그런데 어린 로렌스는 이와 같은 잘못된 맹목성 때문에 늘 구원받는 것에 대한 공포를 가졌다. 그래서 그는 전적으로 조합주의파 교회에서 성장한 것을 고맙게 여겼다. 로렌스는 감리교회 교파에서 발견되는 개인적인 주정주의뿐만 아니라 바리새인과 같은 형식주의를 싫어했으며, 계몽주의, 훈계주의, 종교적 독단을 싫어했다. 그가 다니던 교회는 건물이 크고 빛이 가득 들어왔으며, 고요했고, 물감으로 씻은 듯한 연한 녹색과 청색이었고, 자그마한 연꽃무늬가 있었다. 오르간이 있는 위층의 위에는 큰 글자로 쓴 "거룩한 아름다움으로 주 하나님을 경배하라"(O worship the Lord in the beauty

---

2) 보다 상세한 것은 조일제, 「D. H. 로렌스 문학의 *秘敎*」, 『D. H. 로렌스 연구』 제10권 2호. 한국로렌스학회, 2002, 86-87을 참조하라.

of holiness)는 찬송가 제목이 있었는데 그 찬송가를 로렌스는 아주 좋아했다. 그 찬송가의 뜻은 알 수 없었고 단어들은 어설픈 것이었지만 매력이 있었으며 음악에 대해서 장엄한 감각이 일어났다. 로렌스는 브리스톨판Bristol edition 찬송가 책을 소지한 것을 늘 기뻐했다. 스코틀랜드 출신의 교회목사는 건강한 취향을 가져서 건강한 찬송가들을 좋아했고, 주일학교에서는 나이가 들었던 하얀 턱수염과 열정을 지닌 주일학교 교사가 찬송가를 부르도록 교육했다. 주일학교 여교사는 십자가에 못 박힌 예수의 처형 사건에 대해 아이들을 감상주의적으로 몰아가서 슬픔을 느끼도록 계속 강요했으므로, 대부분의 아이들은 십자가의 예수와 그의 죽음에 관한 이야기에 울었고, 로렌스도 닭똥 같은 눈물을 흘렸다고 한다. 이러한 일은 실제로 속마음으로는 크게 관심을 끼치지 못했지만 십자가 처형의 경이와 신비는 로렌스의 마음에 깊이 꿰뚫고 들어왔다. '십자군 군가'와 같은 찬송가는 실제로 총을 들고 싸우는 것은 아니었지만 영적 전투의 함성이 멋있게 느껴졌다. 그러나 로렌스는 종교 위에 덮인 송장과 같은 감상주의를 싫어했으며, 그런 종교적 감상주의는 로렌스의 탄광촌 마을을 사로잡지도 못했다고 회고한다(*Phoenix II*, 600-01). 이러한 회고록을 쓴 시기는 만년인 43세 때인데 어린 시절의 기독교와 성경이 그의 마음에 끼친 영향이 얼마나 컸던 것인지를 실감할 수 있다.

　　로렌스는 만년으로 갈수록 폐결핵 말기로 진행되는 건강악화 때문에 그가 의지하고 평강을 얻을 수 있는 영원한 영혼의 고향을 늘 간절하게 바랬다. 하지만 그가 어린 시절에 그토록 심대한 영향을 받은 기독교는 지속적으로 위안과 안식을 얻게 하지 못했다. 그리고 굳이 거기서 구원을 찾으려고 하지도 않았다. 하지만 기독교와 성경적 상상력은 그에게서 완전히 잊힐 수가 없었으며 그의 영혼 깊은 곳에서는 기독교와 실제적으로는 갈등을 일으키지 않았다는 고백을 한 바 있다.

3 ▌ 중기 이후 로렌스 소설의 성경적 상상력

중기 이후에도 로렌스에게서 성경적 상상력은 변함없이 유지된다. 『무지개』(*The Rainbow*)에서는 신혼부부인 윌Will과 안나Anna 사이의 삶을 묘사하는 장면에서 안나가 앞날에 대한 희망을 그려보는 대목을 모세가 피스가 산Pisgah Mount 꼭대기에서 약속의 땅인 가나안을 바라보는 대목과 결부시키는 비유적인 표현을 한다(195). 한편 부부의 갈등이 나타나는 장면에서는 구약성경 '창세기'의 태초낙원, 태초인간, 즉 아담과 이브에 관한 에피소드와 심상을 사용하여 인유법으로 표현한다. 윌이 사모하는 것은 지금은 잃어버리고 없는 아담과 이브가 살았던 태초의 낙원과 그곳의 이상주의적인 인간, 유토피아적인 삶이다. 그는 태초인간들의 이상적 비전을 목공예 조각상으로 창작하는 것을 취미로 삼는다. 하지만 안나는 그러한 생각과 행동을 남성우월주의적인 발상이라며 조롱한다(174). '창세기'의 태초낙원과 태초의 인간인 아담과 이브와 같은 인간들을 이상으로 삼는 성경적 비전은3) 『사랑하는 여인들』(*Women in*

---

3) 이에 대해서는 김인수, 「D. H. 로렌스의 주요 장편소설에 나타난 성서적 이미저리」, 『D. H. 로렌스 연구』 제16권 2호, 한국로렌스학회, 2008, 53-73을 참조하라. 그리고 Virginia Hyde, "Will Brangwen and Paradisal Vision in *The Rainbow* and *Women in Love*," *The D. H. Lawrence Review*, Vol. 8 No. 1-2-3. 1975, 346-56을 참조하라.

Love)에서도 버킨Birkin과 어슐러Ursula를 통해 그들이 셔우드 숲속에서 나누는 사랑의 장면에서 계속된다. 버킨은 산장의 여인숙에서 황혼녘에 별들이 하나 둘씩 떠오르고 어두워져가는 밤하늘을 바라보면서 환상적인 분위기에 빠져들고 마주 앉은 어슐러에게서 신비로운 사랑의 에너지를 느낀다. 그는 이때 구약성경의 '창세기'에 나오는 "신의 아들들"(sons of God)과 "사람의 딸들"(daughters of Man) 사이에 있었던 태초의 이상적인 사랑을 떠올린다(352-61).

　　『무지개』와『사랑하는 여인들』에서 서사의 핵심적인 구조는 묵시록적인 '심판'과 신천지의 '재창조'이다. 다시 말해 이 두 작품에는 신약성경의 '요한계시록'과 구약성경의 '노아의 홍수'와 같은 예언적 심판과 '새로운 천년'의 성경적 상상력이 개입되어있다. 로렌스는 어릴 때 이미 '요한계시록'을 열 번이나 읽있을 징도로 그의 뇌리에 '계시록'의 비진이 각인되어 있었다고 한다. '심판'과 '약속'은 두 작품의 키워드가 된다. 구약성경에서 '무지개'는 하나님의 약속의 상징이다.『무지개』의 마지막 부분에서 어슐러가 말떼들의 습격을 받고 병을 앓게 되고 침대에 누워 있던 중에 어느 날 창문 밖으로 하늘에 떠오르는 무지개를 바라보는 장면이 등장한다. 지금까지 어슐러는 바깥세상이 온갖 죄악으로 타락하고 부패한 실상을 심각하게 체험하였다. 이러한 바깥세상의 저 너머로 하늘 위에서 찬란한 색채를 발하면서 서서히 형성되는 장엄한 무지개를 보게 되는 것이다(495-96). 이런 장면의 묘사에 긴 지면이 할애되며, 이 무지개는 구약성경의 '노아의 홍수'에서 여호와 하나님이 노아에게 말한 심판 후의 약속/언약의 증거이다. '창세기' 9장 13-16절에는 "내가 무지개를 구름 속에 두었나니 이것이 나와 세상 사이의 언약의 증거니라. 내가 구름으로 땅을 덮을 때에 무지개가 구름 속에 나타나면 내가 나와 너희와 육체를 가진 모든 생물 사이의 내 언약을 기억하리니 다시는 물이 모든 육체를 멸하는 홍수가 되지 아니할지라. 무지개가 구름 사이에 있으리니 내가 보고 나 하나님과 모든 육체를 가진 땅의 모든 생물 사이의 영원한 언약을 기억하리라"(11)로 기록되어있다.

그런데 후기 소설로 나아갈수록 이교도적인 이른바 "어둠의 신" (Dark God)의 색조가 점점 더 강렬해진다. 『아론의 지팡이』(Aaron's Rod)와 『캥거루』(Kangaroo)를 거치면서 '어둠의 신'이 점점 더 강렬하게 나타나지만 그러나 기독교-성경적 상상력은 여전히 동시에 계속된다. 『아론의 지팡이』는 제목부터 구약성경의 '출애굽기'(7장 8-25절)에서 따왔으며, 두 개의 장(4장, 11장)은 '소금 기둥'(The Pillar of Salt), '또 다시 소금 기둥'(More Pillar of Salt)이란 표제로 되어있다. 이것은 구약성경의 '창세기'에 기술된 두 성읍인 소돔과 고모라의 죄악에 대한 하나님의 심판과 구원, 그리고 뒤를 돌아보지 말라는 명령을 어긴 롯의 아내가 소금 기둥으로 변해버린 이야기(19장 1-26절)에서 인유적으로 사용한 것이다. 세상을 방랑하며 경제적으로 어렵게 살아가는 예술가인 아론Aaron의 이야기를 중심으로 진행되는 이 소설에서 '지팡이'는 아론이 휴대하고 다니는 악기인 플루트를 암시한다. 작품은 아론의 성적 문란과 방황, 불확실한 미래의 희망을 다룬다. 아론의 삶의 행적을 따라 서술되는 이야기의 흐름 속에서 그에게 성적 유혹을 하면서 접근하는 후작부인 마르세사Marchesa는 정욕을 자극하고 그를 성적으로 탐한다. 욕망의 추가 시계의 진자처럼 왕래하는 가운데 '창세기'에 나오는 아론의 지팡이 이야기를 빌어서 내적 마음의 상태를 표현하는 대목에서, 아론은 부인에게 어느 정도의 커다란 힘, 아름다움, 성스러움을 지닌 사실을 깨달았지만, "그 자신은 마치 모세의 누이 미리암처럼 멀리 떨어져 있었다"(But himself, he stood far off, like Moses' sister Miriam, 318)라고 화자는 말한다. 아론이 탁자 위에 플루트를 놓고 물끄러미 바라보며 미소를 지었을 때 친구인 릴리Lilly가 그것을 '아론의 지팡이'(Aaron's Rod)라고 부르면서, "자네는 꽃을 피울 걸세, 게다가 가시도 날거야"(So you blossom, do you? ― and thorn as well, 301)라고 말한 장면이 그에게 떠오른다. 아주 오랫동안 강렬한 욕망에 갇혀 있었던 아론은 새로운 생명으로 다시 태어나고 싶은 구원을 소망한다. "아론의 새까만 지팡이는 다시 꽃을 피우고 피렌체의 붉은 백합과 같이 사나운 가시가 돋쳤다. ... 그는 남자의 신성과 신격을 되찾고 있었다"(Aaron's black rod of power, blossoming again with red Florentine lilies and fierce thorns. ... he had got it back, the male godliness, the male godhead, 301). 이러한 대목은 구약성경의 '창세기'에 있는 아론의 지팡이 이야기에서 패러디 수법으로 이미지와 에피소드를 차용한 것이다.

이 작품은 마지막으로 나아가면서 "어두운 힘"(dark power)이 형상화된 "어둠의 신", 어두운 생명력, 권력적 충동, 영웅적인 영혼 등과 같은 것에 대해 연약한 인간들은 복종해야 한다는 필요성을 지속적으로 강조한다. 릴리를 통해 로렌스는 '어두운 신'의 힘은 니체가 주장하는 "권력의지"(will-to-power)와는 다른 것이며, 잘못된 니체의 권력의지가 아닌 "사랑의 양식"(love-mode)인 것이라고 역설한다(345-47). 신적이고 영웅적인 어둠의 힘을 가진 지도자에게 사람들이 복종해야 한다는 릴리의 주장은 로렌스가 기독교적인 유일신과 창조주 개념에서 멀어짐을 뜻한다. 이러한 어둠의 신에 관한 사상은 인간과 만물을 창조하고 통치하는 초월적인 기독교적 신에 기초를 둔 것이 아니라 인간 스스로가 신의 이미지로 변화되는 내재적인 '인간신 혹은 신인'(Man-God)에 기초를 두는 개념이다. 인간이 스스로 강렬하고 역동적인 신성한 생명력을 가짐으로써 '신인'이 될 수 있다고 생각하는 이러한 로렌스의 사상은 좀 더 발전될 때 이교적인 고대・원시의 범신론적이고 자연주의적인 종교사상이 될 수 있다. 이 소설 다음에 출판된 『캥거루』에서는 이러한 '어둠의 신'은 보다 더 실질적인 형태의 범신론적이고 자연주의적인 종교사상으로 발전한다.

　　오스트레일리아를 여행하면서 쓴 소설 『캥거루』에서는 기독교-성경적 상상력이 유지되면서도 기독교의 신을 해체하고 대체하려는 욕망이 더욱 강하게 일어난다. 다시 말해 성경적 상상력과 범신론적이고 자연종교적인 상상력이 서로 팽팽하게 맞서고 교차하게 된다. "어둠의 신"(Dark God)은 인간 몸의 바깥에 있지 않고 몸 내부에 존재한다는 사실이 끊임없이 강조되는데, 로렌스를 대변하는 주인공 리처드 로바트 서머즈R. L. Somers는 신성한 어둠의 힘과 생명력을 가진 신에게 복종해야만 구원이 있을 수 있다고 주장한다. "인간은 사상의 모험가다"(Man is a thought-adventurer, 312)라고 말하는 그의 선언은 기독교에만 기울어져 있는 것이 아니라 늘 새롭고 "낯선 신"(strange god)과 종교를 탐색하면서 보다 더 완전한 영적 충족과 실현을 추구했던 로렌스의 일관된 신념의 표현이라고 볼 수 있다. 이제 낯설고 새로운 '어둠의 신'은 화를 내면서, "너의 신인 나는 질투가 강하다"(I, the Lord thy God, am a jealous God, 313), "보라, 나는 문 앞에 서서 두드리고 있다"(Behold I stand at the gate and knock, 314)라고 말하는 소머즈는 낯선 신의 이해와 수용을 촉구한다. "너의 신인 나는 질투심이 강한 신이니라. 그렇다! 모습도 보이지 않는 너의 신인 낯선 신이 밤에 문을 두드린다. 생의 신비로움을 암시해주는 자가 들어가게 해달라고 문을 두드린다"(The Lord thy God is the invisible stranger at the gate in the night, knocking. He is the mysterious life-suggestion, tapping for admission, 313)라고 계속 말한다. 신이 '질투가 강하다'거나 '문을 두드리고 있다'는 표현은 나중에 더 자세히 언급하겠지만 성경의 기독교적 신을 패러디한 것이다. 이러한 '어둠의 신'은 토르Thor, 제우스Zeus, 바커스Bacchus, 비너스Venus, 몰록Moloch, 아스탈테Astarte, 아쉬탈로스Ashtaroth, 바알Baal과 같은 신이어도 좋고, 어떠한 신일지라도 상관이 없다고 말한다. 그들 모두가 '위대한 어두운 신'이기 때문이라는 것이다. 신들의 이름은 단지 기호일 뿐이다. 인간에게 중요한 것은 역동적인 생명력과 신성이 충만한 존재의 완성이다. 이러한 존재로서의 '어둠의 신'에게 현대인은 문을 열어줄 용기를 갖고 있지 못하며, 대영제국의 빅토리아조 사람들은 '어둠의 신'을 아직까지도 웃음거리로 생각하며 그들의 내면에 받아들이려 하지 않는다는 것이다. 소머즈는 어둠의 신을 거부하는 이러한 현대적 상황에 대해 개탄한다(314). '어둠의 신'은 인간의 생명력, 영적 활력, 존재의 완성을 위해 고유의 본질이 되기 때문이다.

'문을 두드리며 들어간다'는 성경 구절의 패러디에 대해 좀 더 자세히 알아보자. 구약성경의 '시편' 24장 7-10절에는 "문들아 너희 머리를 들지어다. 영원한 문들아 들릴지어다. 영광의 왕이 들어가시리로다. 영광의 왕이 누구시냐? 강하고 능한 여호와시요 전쟁에 능한 여호와시로다. 문들아 너희 머리를 들지어다. 영원한 문들아 들릴지어다. 영광의 왕이 들어가시리로다. 영광의 왕이 누구시냐? 만군의 여호와 곧 영광의 왕이시로다"(819)와 같이 기록되어있다. 한편 '요한계시록' 3장 20절에서는 "볼지어다. 내가 문밖에 서서 두드리노니 누구든지 내 음성을 듣고 문을 열면 내가 그에게로 들어가 그와 더불어 먹고 그는 나와 더불어 먹으리라"(403)와 같이 기록되어 있다. 로렌스의 이 작품에서 성경의 구절들을 차용하여 패러디하는 이러한 수사법은 곳곳에 늘려있으며 예술적 재미와 흥취를 제공한다.

로렌스가 말하는 '어둠의 신'은 몸 내부에서 비가시적이지만 약동을 계속하는 신성하고 불가사의한 생명의 에너지를 암시하는 것이다. 하지만 인격화된 형상으로 느낄 때도 있다. 만약 몸의 "하부자아"(lower self) 쪽에서 강렬하게 감각될 때 그것은 성적 에너지의 화신으로서 남근 신이 될 수 있다. 이러한 신은 '정신'(spirit)에 의해서는 알 수 없다. "지금이야말로 정신이 우리의 곁을 다시 떠날 때이다. 지금이야말로 사람의 아들은 떠나고 말로 표현할 수 없는 신 앞에 어둠 속에서 우리를 맡길 때이다. 그 신은 하부 자아의 어두운 문지방을 넘는 바로 그곳에 있다"(Now it is time for the spirit to leave us again; it is time for the Son of Man to depart, and leave us dark, in front of the unspoken God: who is just beyond the dark threshold of the lower self, 151). 여기서 작가가 말하는 '정신'(spirit)은 일반적으로 일컫는 '영'이나 '성령'의 의미가 아니라 지성mind or intellect과 같은 의미로 사용되었으며 감성이나 본능에 속하는 것을 파괴하는 기능을 한다. 로렌스는 정신 혹은 지성의 기능을 비판할 때가 많다. 왜냐하면 그것은 분석하고 해체하는 기능을 하여 인간의 역동적인 생명을 물질화 혹은 사물화 하는 부작용이 있기 때문이다.

이러한 '어둠의 신'은 『날개 달린 뱀』(*The Plumed Serpent*)에 이르게 되면 아메리카 인디언 족의 범신론적, 자연주의적인 정령종교[4]와 결합되어 더욱 강렬한 어둠의 힘 혹은 생명력을 지닌 "살아있는 신"(living God)으로 현현되어 나타나는데 인디언계 작중인물들이 그들이다. 한편 멕시코의 강렬한 열대지역의 자연력인 뱀/용, 독수리는 '어두운 신'의 표상이며, 열대지역의 자연에서 살아가는 아메리카 인디언들은 그러한 동물들과 우주자연의 힘을 자신에게 동화시켜 '살아있는 어둠의 신'이 되어 살아간다. 이와 같은 멕시코에서는 유럽 백인들의 종교인 기독교는 생명을 역동적으로 살아있게 하지 못하게 해왔으므로 이미 낡았고 추방되어야 한다. 그래서 기독교 교회와 성상과 성경들은 파괴되고 불태워진다. 대신에 새로운 어두운 신을 경배하는 고대의 "케짤코틀 교회"(Quetzalcoatl Church)가 복원되고 국교로 선포될 예정이다. 이 지점에

---

4) 이에 대해서는 Sagar, Keith ed., "Pan in America" by D. H. Lawrence, *D. H. Lawrence and New Mexico*, Layton, UT: Gibbs M. Smith Inc., 1982, 43-51을 참조하라.

서 로렌스는 표면적으로는 기독교와 완전한 결별을 선언한 것이다.

그러나 이후에 출판된 중편소설 「죽었던 남자」에서 기독교적, 성경적 상상력은 육체의 부활을 강조하면서 힘차게 되살아난다. 이 작품은 로렌스가 부활절 아침에 거리를 걸어가다가 어느 상점의 유리 진열대에 놓인 부활절 장난감 달걀을 보았을 때 알을 깨고 나오는 수탉의 모습을 보고 착상했다고 한다(Collected Letters, 975).[5] 육체를 무시하고 영혼의 중요성만을 강조하는 전통적인 기독교를 조롱하고 풍자하는 패러디 기법이 사용되기도 했지만, 십자가에 못 박혀 죽음을 당한 예수를 암시하는 주인공이 무덤에서 깨어나고 일어나서 밖으로 걸어 나오며 찢어진 몸과 터진 살의 상처들을 치유받고 완전한 회복/부활에 이르는 과정이 상징주의 기법에 맞춰 사실주의적으로 묘사된다. 이러한 기독교의 예수 그리스도 부활사건에다 고대 이집트의 오시리스Osiris와 아이시스Isis 부활신화가 결합된 새로운 신화적 스토리로 구성된 것이 이 작품이다. 이집트 신화에서 농경의 신인 오시리스는 납치되어 몸이 찢어져서 버려지는데 흩어진 몸의 각 지체를 찾아서 되살리고자 세상을 찾아다니는 여인이 아내 아이시스 여신이다. 로렌스의 이 작품에서는 아이시스 여신을 모시는 사원의 여사제의 딸the Girl of Isis가 무덤 밖으로 걸어 나온 죽었던 남자를 몰래 동굴에 숨겨두고 성유 마사지와 성적 관계를 통해서 남자 육체의 상처와 죽음의 흔적들을 완치되게 한다. 남자가 여자를 끌어안았을 때 그는 자기의 남성의 불꽃을 느끼고 허리에서 생명의 힘

---

5) Leslie M. Thompson, "The Christ Who Didn't Die: Analogues to D. H. Lawrence's The Man Who Died," *The D. H. Lawrence Review, Vol. 8* No. 1-2-3, 1975, 19를 참조하라.

이 장엄하게 솟아오르면서 완전한 생명으로 부활한다.

"나는 부활했다!" 그의 허리의 깊은 곳에서 꺾을 수 없는 장엄한 불길이 불타오르면서 그 자신의 태양은 새벽의 동을 텄고, 태양의 불을 사지로 내달려보냈다. 그의 얼굴은 자신도 모르게 빛났다. ... "아버지여!" 그는 말했다. "왜 당신은 저에게서 이것을 숨겼나이까?" 그가 경이로운 날카로움으로, 경이로운 욕망의 꿰뚫는 초월성으로 여자의 몸을 만졌다. "보라!" 그는 말했다. "이것은 기도를 넘어서는 것이다."

"I am risen!" Magnificent, blazing indomitable in the depths of his loins, his own sun dawned, and sent its fire running along his limbs, so that his face shone unconsciously. ... "Father!" he said, "why did you hide this from me?" And he touched her with the poignancy of wonder, and the marvellous piercing transcendence of desire. "Lo!" he said, "this is beyond prayer." (1135)

상처의 치유와 부활의 과정에는 태양, 불, 꽃, 새벽 등과 같은 다양한 생명의 이미지들이 상징적인 의미를 띠고 사용된다. 여기에다 역동적인 필력과 재치, 극적이고 상징주의적인 구성기법 등이 합해져서 이 작품은 매우 환상적이고 감동적인 그림을 제공한다.

로렌스의 여러 작품들에서는 장르를 불문하고 어떤 형태로든지 기독교적, 성경적 목소리가 메아리친다. 그러나 로렌스의 종교는 기독교만으로 단순화되거나 깔끔하게 수렴되지는 않는다. 다양한 종교의 요소와 성격이 복합되어있는 것이다. 이러한 측면에서 로렌스는 문화·종교 다원주의자의 특징을 가지고 있지만 이 점에 관해서는 논외로 한다.

4 ▌ 로렌스의 극작품들과 구약성경 이야기의 극적 재창조

로렌스는 총 10편의 극작품을 썼다. 이러한 10편의 극작품들 중에서 텍스트로 출판된 것은 3편이며, 생존 당시에 공연된 것은 2편에 불과했다. 로렌스의 극 창작 시기를 세 단계로 나눌 때, 창작의 말기(1924-27)에는 『고도』(*Altitude*, 1924), 『노아의 홍수』(*Noah's Flood*, 1925), 『다윗』(*David*, 1925)이 쓰였다. 『다윗』의 출판은 1926년에 있었고 공연은 1927년에 있었으며, 『과부가 된 홀로이드 부인』(*The Widowing of Mrs Holroyd*)의 공연은 1926년에 이루어졌다. 『다윗』은 창작을 한 후에 출판보다는 공연을 먼저 하기 위해 눈물겨운 노력을 했지만 끝내 출판이 먼저 된다. 이 작품의 공연은 다섯 번의 일정 변경과 연기 끝에 1927년에 리전트 극장Regent Theatre에서 있었다. 극작품의 텍스트는 비교적 좋은 서평을 받았지만 공연에 대해서는 대부분의 비평이 의문을 가지고 있었다. 그러나 친구 코텔리안스키Koteliansky는 일급 연출가와 배우만 있다면 멋진 공연이 될 수 있을 것이라고 논평했다. 그는 공연은 실패해도 작품은 훌륭하다고 칭찬했다. 그런가 하면, 커티스 브라운Curtis Brown은 성스러운 주제에 대한 터무니없는 편견만 없다면 멋진 연극일 뿐만 아니라 영화로도 상영될 수 있다고 격려하였다(Wright 212-13). 한편 연출가 조셉 고든 맥레오드Joseph Gordon MacLeod는 작가인 로렌스가 극의 클라이맥스라고 생각한 제15장을 완전히 생략하고 많은 부분을 변경하여 연출했다. 맥스 호르Max Mohr는 이 공연에 대해 로렌스가 지나치게 긴 은유를 사용했다고 비판하고 극의 뒷부분을 많이 잘라내면 상당히 좋아질 것이라고 지적했다(Sagar, 297). 이 점에 대해 로렌스는 1927년에 맥스 호르에게 보낸 편지에서 시인한 바 있다. 이 극작품의 구성은 3막이나 5막과 같은 극이 아니라 마치 표현주의극의 영화기법처럼 연속된 16장으로 되어 있으며 기존 형식의 파격을 보여준다. 극의 주제는 개인적인 삶의 이야기가 아니라 그리스 연극처럼 종교적인 경험을 전달하려고 한 것이다. 그러나 이 극작품은 첫 공연부터 잘못 이해되어 연출되었으며 지금까지도 난해한 극으로 남아있다.

소설 『케짤코틀』(*Quetzalqcoatl*)은 후에 『날개 달린 뱀』(*The Plumed Serpent*)으로 제목이 바뀌었지만, 로렌스는 이 작품의 최종 원고를 멕시코에 있을 때 쓰면서 계속 '극'을 생각하고 있었다고 한다. 그의 폐결핵이 심각해진 중에도 다음의 극작품인『노아의 홍수』를 위해 배우인 이다 라우흐Ida Rauh의 모습을 스케치하고 있었다(강석훈, 27-28 참조). 미완성 유고로 남아있는『노아의 홍수』가 완성된 극본으로 남아있지 않은 것은 아쉬움이 크다. 구약성경의 노아의 홍수 이야기는 '창세기' 6장 1절~10장 32절에 걸쳐 기록되어 있다. 그 내용은 인간의 죄악과 하나님의 홍수 심판, 지구 생물의 방주 보존, 홍수가 끝난 후 지구 위의 새로운 생명들의 번식과 그 생물들의 확장에 대한 하나님의 약속이다. 로렌스가 이 극작품에서 가장 중요한 논점으로 삼은 것은 생명 자체의 살아있음이다. 이를 위해서 인간은 생명의 '불'(fire), 약동하는 붉은 '피의 생명'(blood-life)을 필요로 한다. 이러한 생명의 이미지들로서 "불" (Fire), "붉은 새"(red bird), "펄떡거리는 새"(flutterer), "주홍색 병아리" (scarlet chicken), "우주의 거대한 흰 새들"(the Great White Birds of the Universe)과 같은 존재들이 언급된다. 인간들은 이러한 존재들로 새롭게 재창조되어야 한다는 것이다. 이와 같은 새로운 생명으로 다시 탄생되는 데 필요한 방법에 관해서 "신의 아들들"(sons of gods)이자 신과 인간의 사이에서 태어난 반신들demi-gods로 언급되는 노아의 세 아들인 셈, 함, 야벳은 나름대로 알고 있다는 것이 세 사람의 등장인물들의 말이다. 인간에게 필요한 것은 새로운 생명의 '불'(fire)이며, 이것은 하나님이 준 선물이다. 세 명의 등장인물들이 이러한 불을 획득하는 방법론에 관해 논쟁하는 중에 노아가 등장하지만 더 이상 원고가 남아있지 않아서 극은 중단된다.

극작품 『다윗』은 사울Saul 왕이 이방인인 아말렉 족의 왕 아각Agag을 사로잡고 포박하여 처형하기 이전까지 전리품들을 그의 딸들에게 나누어 주고 딸들이 아각 왕을 조롱하는 장면으로 시작한다. 이 작품에서 로렌스가 의도하는 것들 중의 중요한 하나는 기독교의 유일신 개념이 로렌스의 개인적 정령종교 취향과 자연주의적 종교관으로 교묘하게 교차된다는 사실이다. 극중 인물들인 아브너Abner, 사무엘, 사울 등이 사용하는 용어들을 통해 이러한 작가의 의도가 부여된다. 이것을 이해하기 위해서는 신을 지칭하는 용어와 표현들에 주목할 필요가 있다. 예를 들면 다음과 같은 것들이 있다: "이름을 알지 못하는 신"(God of the Unknown Name), "심층부의 목소리"(the Voice of the deeps), "저 너머의 목소리"(the Voice from the beyond), "하늘의 호흡자"(Breather of the skies), "내부의 어둠으로부터"(out of the inner darkness), "천둥의 손가락"(the finger of the Thunder), "강자의 바람"(the Wind of the Strength), "중심부의 목소리"(the Voice of the Midmost)(70-71). 이러한 용어들은 로렌스 자신의 의도에 따라 자연주의적인 정령종교 개념을 반영하여 조정을 받은 것이다. 얼핏 표면적으로 보면 기독교의 창조주 하나님과 구별이 되지 않을 수도 있으나 자세히 볼 때 변형된 형태이다. 사무엘 Samuel이 하나님의 명령을 어긴 사울 왕의 불순종을 질책하는 다음의 대사에 이러한 사실이 나타난다.

> 천둥의 손가락은 나를 왕에게 얼굴을 향하게 했으며, 힘의 바람은 왕의 길에 나를 바람처럼 불어서 나서게 했나이다. 중심의 세계로부터 위대한 소망이 왕에게 있도록 했기 때문에 그대는 왕이로소이다. 주께서 권능의 기름을 왕에게 부었기 때문에 그대는 왕이로소이다. 그러나 왕은 불순종했으며, 주의 목소리에 왕은 두 귀를 닫았소이다. 왕은 백성들의 짖어대는 소리와 울부짖음을 들었으나 심층부의 목소리는 왕에게 무용지물이로다. 따라서 왕은 주께 무용지물이 되었으며, 왕을 택한 주께서는 왕을 다시 거절하였소이다.

> The finger of the Thunder pointed me to thee, and the Wind of Strength blew me in thy way. And thou art King because from out of the middle world the great Wish settled upon thee. And

thou art King because the Lord poured the oil of His might over thee. But thou art disobedient, and shuttest thine ears to the Voice. Thou hearest the barkings and the crying of the people, and the Voice of the Midmost is nothing to thee. Therefore thou hast become as nothing unto the Lord, and He that chose thee rejecteth thee again. (71)

사울 왕은 죄를 고백하고 회개하면서 자기통제를 못하고 스스로를 무너뜨린 죄를 용서해달라고 울부짖는다. 사울의 입을 통해 표현되는 용어들에서도 자연주의적인 정령종교의 신이 드러난다.

그러하오나 심층부로 다시 돌아갑니다, 불길이 솟는 그곳에, 날개들이 고동치고 있는 거기에. 말씀을 들어 주소서, 돌이켜 주소서! 생명의 날개들로 저를 다시 씻어주소서, 당신의 욕망의 숨결로 저에게 호흡을 불어넣어 주시고, 저에게 오셔서 머물러 주소서. 두려운 주께서 함께 하시지 않으시면, 저는 빈 껍질이나이다.

But I turn again to Inner-most, where the flame is, and the wings are throbbing. Hear me, take me back! Brush me again with the wings of life, breathe on me with the breath of Thy desire, come in onto me, and be with me, and dwell in me. For without the presence of the awful Lord, I am an empty shell. (72)

위와 같이 사무엘과 대화를 나누는 사울의 발언에는 사울 왕 자신을 비롯하여 우주에 있는 모든 개별적 존재자들마다 스스로에게 신적인 생명력이 깃들어 있음이 상정되어 있다. 이러한 신은 우주만물을 창조한 하나님이 피조물들을 주관하고 통치하는 '만왕의 왕'이나 절대주권자로 상정되는 기독교적 신과는 다르다. 사울이든 사무엘이든 등장인물에 상관없이 그들에게는 이러한 자연주의적, 범신론적인 정령종교 개념이 옷을 입고 있다. 이에 대해 T. R. 라이트T. R. Wright는 로렌스가 주류적인 유대-기독교에서 이루어진 신학적 발전들 중의 많은 것을 못마땅하게 생각하여 상당히 왜곡시킨다고 지적한다(212). 제2장은 사무엘이 고향 라마의 자기 방에서 기도하는 장면 하나만으로 구성되어 있는데, 사무엘의 이 긴 기도문에서도 역시 자연주의적인 정령종교 사상이 나타난다.

회오리바람으로부터 내게 말씀해주소서, 태양 뒤로부터 내게 오셔서, 나의 말씀을 들어주소서, 내게 바람들이 불고 있나이다. 회오리바람의 힘이 내게서 물러가면, 나는 값없는 늙은이일 뿐이옵니다. 깊은 곳 중의 깊은 곳에서 한 줌 숨결로 내게 오시면 나의 낡은 몸은 꽃처럼 새롭게 되리이다. 나는 나이를 모를 것이옵니다.

Speak to me out of the whirlwind, come to me from behind the sun, listen to me where the winds are hastening. When the power of the whirlwind moves away from me, I am a worthless old

man. Out of the deep of deeps comes a breath upon me, and my
old flesh freshens like a flower. I know no age. (74)

우주 생명력이 표상된 신들에 대한 다른 표현들로서 "심층부의 동
인"(the Mover of the deeps), "달과 별들의 호흡처럼 혹은 스스로 뒹구
는 바다처럼, 보이지 않는 전능자"(Unseen Almighty, like a breath
among the stars, or the moon, like the sea turning herself over) 등과
같은 용어들이 사용된다. 이러한 표현은 만물에 침투된 창조주 하나님
을 표현하는 성경적 사상과 일치하는 것 같기도 하지만 사실은 범신론
적인 성격을 띤 것이다. 이러한 신적 존재관은 역동적인 생명력을 우주
와 자연으로부터 동화해야만 구원을 얻을 수 있다는 로렌스의 생명주의
적 철학에 맞춰진 것이다.

로렌스에게 신은 흔히 '불' 또는 '꽃/불꽃'으로 형상화된다. 신은 초
월적으로 있는 특별한 존재가 아니라 남녀 사이의 사랑이 꽃필 때 바로
거기서 피어나는 생명의 불꽃Flame, 정열의 욕망Desire, 거대한 소망Great
Wish이다. 다윗이 사울 왕의 딸 미갈Migal에게 사랑을 표현하는 대목에서
다윗은 그녀의 아름다운 자태를 보면서 "당신은 나의 주 하나님을 알지
못하오"(Thou knowest not the Lord my God, 127)라고 역설적으로 말하
는 대목이 있다. 이러한 표현은 미갈이 곧 신으로 변환되었음을 암시한
다. 신 혹은 하나님은 그녀에게 불을 피워 꺼지지 않을 꽃으로 피어나게
했다. 신은 밝게 드러난 욕망을 사랑하는 존재이며, 옳고 그름이 없는
자가 신이다(He is not yea-and nay!). 하나님은 위대한 욕망을 사모하

며, 그것이 이루어지기를 원하는 자이다(yearneth over a great Wish, for its fulfillment). 그러나 하나님은 바깥세계에 있다기보다는 미갈의 존재 내부에 있으며, 그녀가 곧 신으로 변화된 신 자체임을 암시한다.

오, 나의 주 하나님은 타오르는 불길이오며 불타오르는 모든 것들을 사랑하나이다. 그래서 하나님은 미갈 그대를 사랑하오. 오, 내 앞에 있는 여인, 꽃처럼 활짝 핀 어린 나무처럼 그대는 불타오, 황금색과 주홍색과 어둑한 꽃잎들이 달렸구려. 오, 그대 어린 석류나무여, 꽃들과 열매가 그대 육체에 함께 나타나 있소이다. 불꽃이 불꽃을 부르니, 불꽃은 하나님의 몸이지요, 불타는 꽃들처럼.

Oh, the Lord my God is a glowing flame and He loveth all things that do glow. So loves He thee, Michal, O woman before me, for thou glowest like a young tree in full flower, with flowers of gold and scarlet, and dark leaves. O thou young pomegranate tree, flowers and fruit together show on thy body. And flame calleth to flame, for flame is the body of God, like flowers of flame. (127)

다윗은 그녀에게서 신을 발견하고 신이 결코 그녀를 떠나보내지 않을 것이라고 말하면서 사랑을 맹세한다. 이처럼 신을 만물의 창조주나 주재자라는 기독교적 개념으로 보지 않고 존재들의 내부에서 신성한 불이나 꽃/불꽃처럼 약동하는 생명력의 현현체로서 보는 사고방식은 범신론적이고, 자연주의적인 정령종교의 유형이다. 로렌스가 이러한 유형의 종교를 통해 구현하고자 했던 목표는 인간이 우주와 자연의 경이로운 힘과 신성한 생명력을 동화하여 신으로의 존재론적인 변용을 하는 것이다.

이 극작품은 종교, 권력, 사랑의 세 가지 요소가 멋지게 어우러져 있다. 다윗이 전공을 세운 후 돌아왔을 때 백성들이 그를 극도로 칭송하는 상황을 목격하게 되자 사울 왕은 다윗에게 왕위를 빼앗길까봐 예민하게 경계하는 심리에 빠져들어 심각한 정신분열증을 나타낸다. 그를 사로잡는 악령들을 묘사하는 장면(118)에서는 사실주의적이고 상징주의적인 수사법으로 그의 내면적 심리가 아주 현실감 있게 그려진다. 장차 이스라엘의 새로운 왕이 될 수도 있는 위험한 청년인 다윗이 사울 왕의 딸인 미갈과 진실로 사랑하고 결혼까지 하게 되는 삽화는 셰익스피어 극의 『로미오와 줄리엣』을 연상시킬 만큼 고양된 극적 구조를 보여준다. 이 작품에서 극적인 구조는 여러 측면에서 나타나는데 다윗을 죽이려는 사울 왕의 아들 요나단Jonathan이 다윗의 친구가 되어있는 것도 그러하다. 작품의 마지막 장인 제16장은 다윗이 바위에 숨어서 요나단이 나타나기를 기다리다가 약속대로 나타나고, 사울 왕이 다윗을 죽이기로 계획했음을 알고 두 사람이 함께 슬퍼하면서 다윗이 도망가는 애절한 이별의 장면으로 끝난다. 이러한 마지막 장면의 처리는 잊을 수 없는 극적 효과를 관객에게 남길 수 있을 것이다.

이 극작품의 제13장에서 구약성경의 '시편 제5편'을 길게 포함시킨

점은 로렌스의 예술에서 차지하는 구약성경과 '시편'의 중요성을 다시 한 번 보여준다. 앞에서 잠깐 언급했듯이 로렌스는 어린 시절에 '시편', '요한계시록' 등을 수없이 읽었기 때문에 성경의 언어적 힘과 형태적 영향은 무의식에까지 심대한 영향을 줄 정도였다. 로렌스는 마치 뼈 속에 성경을 지니고 있는 듯이 느껴졌다고 스스로 고백할 만큼 '요한계시록'의 언어와 이미지에 익숙했다. 그는 주일학교와 예배당, 희망 찬양대, 기독교 노력봉사대에서 공부하고 활동하도록 양육되었으며, 읽어주는 성경을 듣지 않으면 안 되는 강압된 분위기에서 늘 자랐지만, 성경의 언어는 그의 "무의식에 메아리치고 또 다시 메아리치는 하나의 힘"(a power of echoing and re-echoing in my unconscious mind, *Phoenix*, 301)이 되었다. 로렌스에게는 낮 동안에 전혀 주의를 기울이지 않고 들었던 성경의 말씀과 찬송가들은 밤에 잠이 깨었을 때 '들을 수 있을'(I can wake up in the night and 'hear' things being said—or hear a piece of music, *Phoenix*, 302) 만큼이나 그 영향력은 불가피했다. 로렌스의 이러한 고백에 입각하여 G. A. 패니카스G. A. Panichas는 구약성경의 '시편'의 놀라운 묘사력이 로렌스에게 얼마나 강력한 인상을 주었으며, '시편'에 나타나 있는 몇 가지의 성질들이 왜 로렌스의 여러 시편들을 통해 어김없이 나타나는지를 설명할 수 있다고 말한다(147). 한편 T. R. 라이트는 이 극작품의 대사가 대부분 구약성서의 텍스트를 그대로 따르고 있어서 독자들은 이 작품을 쓰고 있는 동안에 로렌스가 성경을 옆에 두고 있었을 것이라고 생각할지도 모르지만 사실은 그렇지 않았다고 말한다(210).

로렌스가 극작품 『다윗』을 쓴 것은 구약성경에서 얻을 수 있는 강렬한 원시적 종교 감정을 무대에 올려 배우의 연기를 통해 런던의 관객들에게 전달하고 싶은 열망을 가졌기 때문이었다. 문학작품을 굳이 극작품 장르로 쓴다는 것은 단순히 소설에서처럼 읽는 행위만으로는 제공할 수 없는 진지한 그 무엇이 극적 연출에서 표현될 수 있기 때문이라고 로렌스는 말했다(Sagar, *Handbook*, 296). 『다윗』은 무대공연 비평의 측면에서 보면 분명히 한계가 있다. 하지만 죽음을 눈앞에 둘 정도로 건강이 악화된 상태임에도 불구하고 고대의 원시적인 종교적 감정을 자신이 원하는 범신론적, 자연주의적인 정령종교의 취향과 결합시켜 새롭게 재창조하여 무대공연으로 관객에게 전달하려고 참으로 사력을 다했던 로렌스를 생각해볼 때 그의 예술적 투지는 존경과 공감을 받기에 부족함이 없을 것이다.

5 ▌ 성경적 상상력과 자연주의적 정령종교의 복합

로렌스는 전통적인 기독교 교리에 대해 도발, 해체, 왜곡을 시도하는 태도를 여러 작품에서 줄곧 보여준다. 그러나 기독교적, 성경적 상상력은 그의 작품들 속에서 변함없이 지속된다. 그는 기독교 성경의 예언적이고 묵시록적인 메아리를 쉼 없이 반주하면서도 자신의 개인적인 신학을 나름대로 투입하여 텍스트를 새롭게 구성한다(Wright, 210). 이러한 과정에서 로렌스는 예술적 형상화를 위해 다양한 심상과 상징들을 효과적으로 사용하며, 풍자, 패러디, 병치법, 극화 등과 같은 수사학적 장치를 구사하는 데 탁월한 예술적 재능을 보인다(Wright, 210-13 참조).

　　앞에서 논의한 로렌스의 복합종교적인 창작 태도는 책을 읽을 때의 그의 독서법에서도 나타난다. 그는 독서할 때 학술적인 접근태도를 취하려는 대신에 자기의 필요에 따라 자기방식으로 해석하고 수용하려고 한다. 저서 『묵시록』에서 어떻게 책을 읽는 것이 좋은 독서법인지, 그리고 성경의 의미를 가장 이상적으로 읽어내는 자기 나름의 해석방법에 대해 밝힌다. 책의 의미는 고정되어 있지 않으며 읽을 때마다 달라지기 때문에 좋은 책은 그 책을 한 번 읽는 것으로 끝내지 않고 여러 번을 읽는 것이 바람직하다고 말한다. 한편 여러 권의 책을 양을 중심으로 읽는 방식보다 함축된 의미를 다양하고 새롭게 해석해내는 질을 중심으로 하는 독서법을 택해야 한다는 것이다. 그의 어린 시절의 목사나 주일학교 교사나 평신도들처럼 습관적이고, 형식적이며, 피상적으로 성경을 읽는 독서방식을 택한다면 성경은 죽은 것이 된다는 것이다(5). 그런 사람들은 성경의 의미를 특별하지 않게 만들어서 오히려 성경이 혐오감을 주도록 만든다고 본다(4-5).

로렌스에게 인간과 만물은 모두 다 동일하게 정anima, 영soul, 신god을 내면에 지니고 있는 신적인 존재로 감각된다. 그의 신은 절대적인 권능으로 천지만물을 창조하고 지배하는 기독교의 유일신과는 차이가 있다. 그는 기독교적 신앙 대신에 거대한 우주적 생명의 율동에 합류하여 영적인 충족과 생명의 자유를 얻고, 병든 육체의 치유와 영원한 자아의 완성을 이루고자 한다. 이러한 존재론적 목표에 이르는 길을 로렌스는 범신론적, 자연주의적인 정령종교에서 찾았고, 만년에는 아메리카 인디언들에게서 발견했다. 디아나 트릴링Diana Trilling에 의하면 이러한 정령종교의 발견은 로렌스에게는 하나의 "새로운 계시"(new revelation, 8)였다고 말한다.

　로렌스는 어린 시절부터 기독교와 성경의 영향을 마음속에 그토록 깊게 받았음에도 불구하고 기독교인이 되는 것을 거부한다. 제프리 메이어스Jeffey Meyers에 의하면 윌리엄 블레이크William Blake가 교회로부터 기독교를 구하고자 희망하였다면 로렌스는 기독교로부터 인간을 구해내고자 열망했다는 것이다(14). 로렌스는 기독교의 제약을 넘어서서 풍부한 상상력으로 다양한 문화로부터 성령을 찾고자 애썼을 뿐만 아니라, 영적 충족과 자아완성을 이룰 수 있다면 어떤 종교이든지 차별하지 않았다.

로렌스 문학의 예언적 목소리[*]

1 ▌ 로렌스의 복합적 재능, 영성, 예언자적 성향

로렌스의 문학작품에서 두드러진 특징 중의 하나는 복합적인 지식의 나타남이다. 그의 문학은 여러 분야의 학문이 함께 어울리며, 예술, 문화, 종교, 과학, 철학, 심리학 등을 폭넓게 포함하고 있다. 로렌스의 상상력에는 진화론이나 신지학, 역사학, 우주천문학, 식물학, 생물학, 물리학, 화학을 비롯하여 다양한 학문적 분야의 수많은 지식들이 통합된다. 이와 같은 점은 로렌스 문학의 독자로 하여금 작품에 묘사된 이러한 양상들의 성격을 단순하게 규정하거나 평가하는 것을 어렵게 한다. 로렌스

---

* 이 장은 2014년도 부산대학교 인문사회연구기금에 의하여 연구되고 출판된 논문인
「D. H. 로렌스 문학의 예언자적 목소리」를 약간 수정한 것이며, 한국로렌스학회지
『로렌스 연구』 제23권 1호(2015.6)에 게재되었다.

의 복합적인 재능 중에서 영적인 무엇인가에 대한 강렬한 지향성은 가장 두드러진 특성이라고 할 수 있다. 로렌스는 기독교의 교회조직에 대해서는 전혀 관심이 없었지만 자아 내면에서 역사하는 성령의 요구에 대해서는 늘 순응하였으며 "종교적 탐구자"(religious seeker, Panichas 1)로서 세계를 방랑하며 글을 썼다. 그의 여행은 영적 탐험이기도 했다. 그의 자아 깊은 곳에는 늘 구원의 비전이 살아있었으며, 세상 사람들을 영적으로 교화하고 지도하려는 성향이 있었다. 그는 물신주의와 탐욕에 빠져 참된 생명과 영성을 잃고 방황하는 당대의 유럽인들에게 설교자적인 태도를 취하고 비판과 경고와 심판의 언어를 쏟아내었으며, 예언자적인 목소리를 내는 경우가 흔하였다. 그 중에서도 제1차 세계대전 기간과 전쟁 후의 위기와 파멸에 직면한 유럽문명에 대한 그의 종말론적, 묵시적, 계시적인 비전은 매우 특별하다.

인간으로서의 로렌스뿐만 아니라 그의 문학에 대해서 보다 더 근원적으로 이해하려면 무엇보다 어린 시절과 성장기의 종교적인 배경을 살펴볼 필요가 있다. 영국이라는 기독교 문명사회에서 태어난 로렌스의 가족은 조합주의 교파Congregational Church에 속하였고, 신앙심이 깊고 청교도적인 성격이 강한 어머니의 영향을 크게 받았다. 이러한 영향은 자서전적인 에세이들에서 자세히 기술되고 있다. 노팅햄 주Nottinghamshire의 이스트우드Eastwood에서 주일마다 지역교회에 예배를 보러 다녔고, 교회의 종교적 분위기에 흠뻑 젖어서 성장했다. 교회가 주는 영적인 거룩함과 경이, 교회의 찬송가, 주일학교 교사의 성경 이야기, 기도와 목사의 설교 등에 관한 로렌스의 언급을 읽으면 종교적인 영향이 얼마나 강력했던가를 알 수 있다. 그러한 기독교의 영향은 그의 영혼에서 일생 동안 작용했다. 로렌스의 여러 소설을 읽어보면 이런 사실은 확연하게 나타나는데, 수많은 성서의 인용, 빈번한 성서적 이미지와 상징의 사용, 성경의 병치와 패러디 등을 쉽게 찾아볼 수 있다. 로렌스는 죽기 3년 전에 주인공의 이름이 명시되지는 않지만 예수 그리스도를 분명하게 암시하는 주인공을 내세워 육체적 부활 사건을 다루는 중편소설 「죽었던 남자」("The Man Who Died")를 썼다. 뿐만 아니라 그는 마지막 작품으로 자신의 범신론적인 종교적 취향과 기준에 맞춰 '요한계시록'을 새롭게 해석하고 재평가한 『묵시록』(*Apocalypse*)을 썼다.

로렌스의 기독교는 시간이 지날수록 정통적인 교리를 이탈하고, 자신의 성향과 입맛에 맞도록 변형되어간다. 그는 기독교적인 신앙의 형식을 지키는 종교생활을 하는 대신에 사적 종교를 개척하여 나름대로의 종교적, 영적 생활을 영위했다. 때로는 기독교의 독단적인 형식주의와 교조주의를 혐오하였으며, 당대의 세속화된 교회와 성직자들의 물질주의와 상업주의를 강력하게 비판한다. 어머니의 강력한 영향력이 묘사되는 초기 소설 『아들과 연인』(*Sons and Lovers*)의 시기를 지나 중기의 소설인 『무지개』(*The Rainbow*), 『사랑하는 여인들』(*Women in Love*)에 이르면 기독교로부터의 분열과 이탈의 조짐이 점점 더 커져가며, 내면의 영성은 더욱 활성화되고 성령 중심의 묵상적인 성향으로 기울어져간다. 이에 따라 창조신학, 삼위일체설, 절대적 유일신과 같은 정통 기독교의 교리는 거부되고, 범신론pantheism과 물활론animism의 종교로 옮겨간다. 하지만 기독교에 대한 로렌스의 관심이나 성서적 상상력이 완전히 포기된 것은 아니다. 요컨대 종교다원주의의 특성이 심화된다고 할 수 있다.

후기에 가면 로렌스는 아메리카 대륙에서 살아가는 인디언들로부터 범신론과 물활론 사상이 완벽하게 구현된 원시종교를 발견하고 심취한다. 이런 인디언 족의 종교는 그에게 충격적인 계시였다. 이탈리아를 배경으로 하는 『아론의 지팡이』(Aaron's Rod)와 오스트레일리아를 배경으로 하는 『캥거루』(Kangaroo)의 시기까지는 내면에만 머물렀던 '어둠의 신'(dark god), 즉 '성령'은 아메리카 인디언들을 배경으로 삼는 『날개 달린 뱀』(The Plumed Serpent)의 시기에 이르면 예수 그리스도가 성육화되는 방식과는 다르지만 현현incarnation or manifestation의 형태로서 육체의 바깥으로 나타난다. 이런 상황에서 주역인물들이 인생의 궁극적인 목표로 삼는 것은 최고의 존재인 신인Man-God으로의 존재론적 변화이다. 즉 최고의 존재인 '어둠의 신'으로 현현하는 것이다. 이런 종교는 잘못된다면 우상화와 권력적 지배의 위험성을 가질 수 있다. 왜냐하면 인간이 최고의 신적 권위와 권능을 가진다면 그처럼 현현한 '어둠의 신'은 약한 자에게 복종과 경배를 바치도록 강요할 수 있기 때문이다. 이 소설에는 부부관계에서나 남성 동지들 사이의 관계에서나 힘과 능력이 상대적으로 약한 사람들은 강력한 영적 리더십을 가진 신인Man-God으로서의 지도자에게 복종과 숭배를 바쳐야 한다는 이념이 작가로부터 부분적으로 투사되며 그를 대변하는 작중인물들을 통해 나타나는 것이 사실이다. 그러나 주역인물들protagonists의 이런 이념과 주장에 대해 대적인물들antagonists은 비난하는 태도와 저항감을 보인다. 하지만 이 소설에서 작가가 보다 더 근본적으로 지향하는 목적은 그와 같은 특정한 인물들의 우상화나 권력적인 지배-복종과는 거리가 멀다. 인간은 존재론적으로 모두 다 개인적으로 존귀하고 거룩하며, 생명력과 성령에 충만될 수 있으며, 그러한 신적 존재로 높아져서 창조적 존재를 실현해야 한다는 것이다. 그것을 성취할 수 있는 길이 '어둠의 신'으로 현현하는 것이다. 이 작품에서 '어둠의 신'은 인간이라는 종을 넘어 동물, 식물, 태양, 지구, 달, 별과 같은 천체들뿐만 아니라 모든 사물에 동일하게 구현된다. 이러한 존재의 구현이 범신론과 물활론을 신앙적 기초로 삼고 있는 고대적, 원시적인 아메리카 인디언들에게서 발견되는 것이다. 이러한 사람들은 "피의 존재"(blood-being)로서 제각기 '살아있는 신'(living god)이 된다. 이와 같은 맥락에서 본다면 로렌스의 '어둠의 신'에 대한 파시즘 논쟁은 그를 비난과 오해에서 자유롭게 할 수 있다. 1930년대의 영국의 젊은 작가를 대변하는 존 레만John Lehmann은 로렌스가 현대 파시스트 이론가들의 협잡적인 난센스와 구분되지 않는 반이성적인 "피"(blood)의 숭배자가 때때로 된다고 비난했다(Beal, 115).

　　로렌스에게서 내면적으로 일어나는 성령의 음성이나 요구가 때때로 예언의 색채로 나타난다는 점은 특별한 주목을 끈다. 비상할 정도로 개발된 로렌스의 '영안'에 비춰진 묵시(계시)의 비전은 로렌스로 하여금 타락하고 부패한 당대의 인간과 문명에 대한 경고와 심판, 나아가서 구원의 메시지를 전하는 예언자의 목소리를 내게 했다. 그러한 메시지의 전달을 위한 언어적 표현에는 성경에 나오는 것과 유사한 묵시적인 이미지와 상징들이 사용된다. 이와 더불어 작품의 인물이나 사건의 전개에서 암시적으로 묵시적 예표와 복선이 설정되어있는 사례들이 상당히 나타난다. 작품의 이러한 구성은 일종의 예언적 기능에 속하는 것이다. 로렌스는 현대인들의 탈영성화와 물질화 현상에 대한 언급을 하면서 '송과선 눈'(pineal eye)이 원래는 고대원시인들에게 아주 발달되어 있었으나 현대에 와서 물질문명의 발달과 인간성의 기계화로 인해 차츰 퇴화했다고 말한 바 있다. 『날개 달린 뱀』에서 끊임없이 반복하여 강조되고 있는 인디언 남성들의 "Dark, Black Eyes"는 사실상 신지학자 브라바츠키 여사Madame Blavatsky와 그녀의 제자인 프라이J. M. Prye가 언명한 '송과선 눈'과 부합된다고 클라크L. D. Clark는 지적했는데 로렌스는 한때 브라바츠키의 책에 심취했다고 한다(Clark, 132).

성서에 수록된 예언적 문학들 중에서 특별한 범주가 되는 것이 묵시(또는 계시)이다. 구약의 '이사야', '예레미아', '에스겔', '다니엘' 등과 그리고 신약의 '요한계시록'이 대표적인 예이다. 묵시문학은 세상의 종말과 관련해서 범지구적으로 일어날 대변동을 다룬다. 묵시에 사용된 언어와 사건들은 호와드 헨드릭스Howard G. Hendricks와 윌리엄 헨드릭스William D. Hendricks에 따르면, "지극히 상징적이며"(highly symbolic), "공상적이고 주관적인 해석이 무성해질 토양"(fertile ground for speculation and subjective interpretation)을 제공한다. 그렇기 때문에 성경의 묵시문학을 읽을 때 글을 쓰는 당시의 "역사와 문화적 배경"(the historical and cultural context)이 무엇이며, 그런 상징들을 이해하려면 "저자가 묘사하는 통찰력"(insight into what the author is describing)이 과연 무엇인지를 치밀하게 살피는 것이 필요하다는 주의가 요청된다(222).

이 장은 로렌스의 생애와 작품에서 작가의 천부적인 예언적 영성이 주요 작품들을 통해 변함없이 나타나고, 그런 영성을 기반으로 로렌스가 당대의 인간과 문명을 죽음과 종말적 위기로부터 구원하기 위해 예언자적인 메시지를 변함없이 전하고 있다는 점을 강조하고 그 의의가 실로 크다는 사실을 드러내고자 한다.

2 ▌ 묵시문학으로서의 로렌스 소설

묵시 또는 계시란 신의 뜻과 메시지를 신의 대언자, 다시 말해 예언자에게 보여주는 것으로, 그런 신의 대언자/예언자는 육안으로는 보이지 않지만 영안으로는 보게 되는 신과 소통하고, 음성을 듣고, 환상을 본다. 그런 예언자에게는 신 앞에 엎드려 기도하거나 마음의 문을 열고 기다릴 때 신의 메시지가 어떤 이미지나 상징의 형태를 동반하여 나타나고 전달된다. 이런 묵시적, 계시적 이미지나 상징은 경고, 심판, 약속, 구원과 같은 신의 뜻이 담겨있다. 예언자는 신 앞에서 시각적으로나 청각적으로 혹은 다른 감각으로 다양한 방식에 의해 신의 메시지를 알 수 있게된다. 그런데 로렌스 소설들 중에는 그 제목만을 보아도 어떤 묵시적인 이미지를 떠올리게 하는 작품들이 있다. 예를 들면 『무지개』, 『아론의 지팡이』, 『캥거루』, 『날개 달린 뱀』, 「쓴트 모어」와 같은 작품들이 그러하다. 이러한 명칭들은 전체적인 주제를 요약하여 나타내는 묵시적인 이미지이자 상징이라고 할 수 있다.

『무지개』와 『아론의 지팡이』의 작품제목은 구약성경의 묵시적 사건과 직접적인 연관성을 가지고 있으며, 『캥거루』, 『날개 달린 뱀』, 「쓴트 모어」에 사용된 동물들은 구약과 신약성경의 묵시문학에 등장하는 동물들과 비교해 볼 때 상징적인 역할이나 의미에서 상당한 유사성을 지닌다. '캥거루'는 호주에서 기독교적인 사랑을 바탕으로 사회주의적인 새로운 국가를 건설하려는 정치적인 꿈과 야망을 가진 주역인물의 별명이다. 그와 친구 관계를 맺게 되는 주인공인 소머즈Richard Robert Somers는 제1차 세계대전을 치른 후의 유럽 세계에 대해 혐오를 느끼고 새로운 이상사회에 대한 꿈을 찾아 유럽으로부터 호주에 방문하여 부인 해리엇Harriet과 함께 탐색적인 삶을 살아가는 작가이다. 소머즈는 '캥거루'와 그의 추종 동지들을 알게 된 후 교류를 계속하는 동안 정당가입과 정치활동에 참여하기를 강력하게 권유받는다. 그들은 호주의 재향군인회Digger 클럽을 기반으로 캥거루를 최고 지도자로 하여 절대적 존경과 복종을 맹세하고 정지활동을 한다. 캥거루는 정당의 보스로서 벤자민 쿠리Benjamin Coole라는 본명을 가진 유태계 변호사이다. 정치지도자로서의 꿈을 가진 그는 자신에 대한 신념에 넘쳐나며 구세주로 자처한다. 하지만 소머즈는 그에게 매력을 느끼면서도 정당가입과 정치활동에 대한 끈질긴 권유를 수용하지 않고 비판적 태도를 견지한다. 결국 캥거루는 어느 날 정치집회에서 일어난 소요사태에서 총상을 입고 병상에 누워 치료를 받는 처지에 놓이게 되며 소머즈에게 사랑의 고백을 해달라고 애원을 하지만 대답을 듣는 데 실패하고 죽음으로 종말을 맞는다. 호주의 동물 캥거루는 국가를 대표하는 상징적 동물이다. 배에 달린 큰 주머니에 새끼들을 넣어 다니면서 양육하지만 그 모습과 행동은 우둔하고 어설프기만 하다. 다시 말해 국가와 국민을 위한 구원자임을 스스로 자처하지만 실패할 운명을 지닌 것이다. '캥거루'는 이처럼 아이러니컬하고 상징적인 뜻이 담겨있는 묵시적 동물이라고 할 수 있다.

『무지개』의 제목은 노아의 홍수심판 사건 후에 하나님이 노아에게 언약하는 표지로서의 무지개가 암시되어 있다. 여주인공인 어슐러 Usular는 대영제국의 공병부대 장교인 스크레벤스키Skrebensky와 교제를 계속할 때 나중에는 그가 피상적이고 허위적인 인생을 살아가는 속물주의자임이 드러난다. 장교로서 대영제국의 모범적이고 애국적인 중산층 계급에 속하지만 비난의 대상이 될 수 있는 인간유형이다. 어슐러는 그와 단교를 했지만 마음에 여전히 미련이 남아있고 갈등이 완전하게 해소되지 못한다. 이러한 자아 상태를 해결할 수 있는 사건이 곧 말떼들의 습격이다. 그녀는 비오는 날 숲길을 지나갈 때 말떼들의 공격을 받는다. 그들은 불가사의한 형체를 지녔고, 몸에 빗물이 흘러내리면서 뜨겁고 검붉은 생명력으로 불타는 듯하다. 이러한 동물들은 어슐러에게 정체를 알 수 없는 불가사의와 권력적 힘이 넘쳐나는 모습이다. 이런 동물들은 그녀에게 정신적 충격을 주어 어떤 깨달음을 일깨운다. 다시 말해 묵시적인 역할을 하며, 자신의 삶에서 무엇이 잘못되었는지를 깊이 되돌아보는 계기를 제공한다. 이와 같은 점에서 이런 말떼들은 구약성경의 묵시문학과 신약성경의 '요한계시록'에 등장하는 괴력을 지녔고 불가사의한 모습을 하고 있는 동물들과 유사하다고 할 수 있다. 이러한 묵시적 동물들/말떼의 습격사건으로 어슐러는 병을 얻어 침대에 눕게 되지만 점차 몸이 회복되어 갈 때 창밖의 하늘에 아름다운 무지개가 홍예문을 만들면서 대지와 하늘을 잇는 모습을 보게 된다. 그녀가 하늘에서 보게 되는 이러한 '무지개'는 성경의 '창세기'에서 홍수심판 후에 하나님이 노아에게 말하기를 이후로는 홍수로 벌을 내리지 않겠다고 약속하는 장면과 맥락이 닿아있다. 이렇게 볼 때 어슐러에게 나타났던 말떼와 '무지개'는 신의 메시지를 전달하는 계시적, 묵시적인 상징인 것이다.

구약성경의 출애굽기에서 작품의 제목을 차용한『아론의 지팡이』에서 보면, 주인공 아론Aaron은 아내와 두 딸을 버려두고 가출한다. 그는 부부관계에서 아내로부터의 사랑의 강요와 간섭을 견딜 수 없어 두 번이나 집을 가출하여 런던, 피렌체, 밀라노를 방랑하면서 플루트 악기에 의지하여 날품팔이 악사생활로 가난하게 살아간다. '아론의 지팡이'는 그가 가지고 다니는 악기인 플루트를 상징하며 그를 먹여 살리는 밥벌이 수단이자 인생을 이끌어가는 정신적 도구이다. 작품의 후반에 속하는 "부서진 지팡이"(The Broken Rod) 장에서 아론은 친구로 사귀게 되는 릴리Lilly와 함께 카페에 머물고 있었을 때 그의 플루트가 어떤 무정부주의자가 던진 폭탄으로 부서지는 사고를 당한다. 아론의 플루트, 즉 아론의 지팡이가 이처럼 파괴당한 것은 물질적인 손실을 넘어 정신적인 손실을 암시한다고 할 수 있다. 그는 정신적으로 허탈감에 빠져 부서진 플루트를 강물 속에 던져버린다. 이와 같은 사건은 가정과 가족을 버리고 세계를 유랑하는 아론에게 플루트에 의지하여 살아가는 보헤미안적, 집시적인 방랑생활이 결코 구원의 지팡이가 될 수 없다는 점을 상징적으로 보여주는 일종의 묵시라고 할 수 있다. 성경의 '출애굽기'를 보면 여호와 하나님이 모세의 형인 대제사장 아론으로 하여 이집트의 바로 왕 앞에서 지팡이를 집어던지게 했을 때 기적처럼 재앙이 생긴다. '출애굽기'에서 아론의 지팡이는 신이 베푸는 구원의 지팡이가 되었지만 로렌스의 아론에게는 "부서진 지팡이"가 되어버렸다. 이것은 절묘한 성경의 패러디이다. 로렌스의 이러한 예술적 기법은 참으로 창조적이고 재미를 제공한다.

『아론의 지팡이』에는 또 다른 흥미를 제공하는 두 개의 장이 있는데 제4장의 제목이 '소금 기둥'(The Pillar of Salt)이고, 제11장의 제목이 '또 다시 소금 기둥'(More Pillar of Salt)이다. 성경의 '창세기'에서 하나님은 타락하고 부패한 인간의 죄악을 심판하고 처벌하기 위해 유황과 불로써 소돔과 고모라 성읍을 멸한다. 이때 롯의 아내가 불타고 있는 죄악의 도시를 뒤돌아보는데 뒤를 돌아보지 말라는 하나님의 명령을 어겨서 '소금 기둥'이 되어버린다. 이러한 성경의 묵시적 상징이 아론 시손에게 원용된 것이다. 아론이 아내와의 갈등과 불화를 극복하지 못하고 가출한 후 집으로 되돌아왔지만 곧바로 다시 가출하는 상황이 벌어진다. 이렇게 가출한 아론은 플루트 연주로 생계를 연명하면서 다른 예술가들이나 지식인들의 무리에 합류하여 보헤미안적인 방랑생활과 성적인 방종생활을 멈추지 않으며, 정신적 안정과 영적 평화를 얻지 못하고 고난을 겪는 과정이 계속된다. '소금 기둥'은 성경과의 병치기법을 통해 아론의 허물과 죄로 인한 인생의 환란에 대한 묵시적인 상징이라고 할 수 있다.

아론이 정신적 방황을 계속할 때 릴리는 그의 특별한 철학을 아론에게 설파하는데 사람은 내면으로부터 '어둠의 신'(dark god)이 부르는 소리에 순종하는 삶을 사는 것이 구원의 길이라고 주장한다. 이러한 구원의 철학을 주장하는 릴리는 마치 종교적 지도자의 태도를 취하면서 설교하듯이 말한다. 릴리의 이러한 우월주의적인 태도에 대해 아론은 불쾌감과 저항감을 나타낸다. 릴리가 "남자들은 자신들을 안내할 수 있는 보다 더 위대한 지도자의 영혼에 복종해야 한다"(Men must submit to the greater soul in a man for their guidance, 347)라고 말할 때 아론은 릴리의 말에 확신을 갖지 못한다. 그가 릴리에게 복종해야 할 대상이 누구인가라고 물을 때 "그대의 영혼이 말해 줄 것이오"(Your soul will tell you, 347)라는 릴리의 대답으로 작품이 끝난다. 하지만 보다 더 깊은 의미에서 살펴본다면 릴리가 말하는 남성 지도자는 릴리 자신임을 암시한다. 그러나 릴리와 아론은 실제로는 둘 다 로렌스 자신의 분신이라고 할 수 있다. 여기서 릴리는 자아의 내면에서 역사하는 '어둠의 신'으로부터 어떤 메시지를 전달받고 아론에게 전달하는 것인데 이것은 특별한 예언자적 재능이 그에게 삼재되어 있음을 나타낸다고 할 것이다.

　　『캥거루』에 이어 『날개 달린 뱀』에서는 생명과 영혼이 고갈되어 버린 유럽문명에 혐오를 느끼고 새로운 생명과 영혼의 진리를 찾아 멕시코를 탐방한 백인 여주인공 케이트Kate가 등장한다. 그녀는 고대 인디언 종교인 케짤코틀 종교Quetzalcoatl religion, 즉 '날개 달린 뱀'의 종교적 진리를 알게 된다. 그녀는 인디언 족의 피가 섞인 두 명의 남자 주인공들을 만나게 되며, 그들이 펼치는 고대종교 부흥운동을 알게 되고, 결국 두 주인공들 중에서 인디언 장군인 돈 치프리아노Don Cipriano와 결혼을 한다. 돈 치프리아노는 고대 인디언 종교를 복원하여 새로운 케짤코틀 교회를 창설하고자 하는 종교지도자인 돈 라몬Don Ramon의 동지이자 추종자이다. 돈 라몬은 인디언 족의 고대종교를 재현한 교회를 세우고 제단을 만들어 단상에 올라앉아 구세주로서 새로운 종교의 진리를 선포하고 설교한다. 예언자로서의 돈 라몬이 선포하고 설파하는 종교적 진리는 인간과 우주자연의 연결이 일어나게 하고, 인간과 만물이 역동적인 생명력에 충만하여 '살아있는 신', '어둠의 신'으로 현현하도록 도와주는 것이다. 이 작품의 제목인 '날개 달린 뱀'은 구원의 진리를 나타내는 묵시적 상징의 역할을 하며 우주자연의 진리가 웅장하게 표현된 종교적 표상이다. 뱀과 독수리는 우주자연의 이원적인 요소의 상징이며, 이 둘의 조화로운 결합이 '날개 달린 뱀'이다. 이러한 표상은 남자와 여자, 지구와 태양, 밤과 낮, 빛과 어둠 등과 같은 여러 다양한 이원적인 요소들의 조화를 통해 완전하게 살아있는 '어둠의 신'을 실현한다는 상징적 의미를 담고 있다.

　　작품의 초반부에 케이트는 멕시코에 와서 배를 타고 사율라 호수Lake Sayula를 건널 때 고대 인디언 족의 구원의 진리가 세상에 유포되어 있고 새로운 구세주의 왕림이 있을 것이라는 예언을 듣는다. 그녀는 배를 모는 뱃사공의 두 눈 속에서 구원의 예표가 되는 "새벽별"(Morning Star)을 느낀다. 그러나 돈 라몬이 창설한 새 종교가 확장되어가자 사회적으로 조직적인 저항이 뒤따르며, 그의 아내인 카를로타Carlota는 가톨릭 신도이기 때문에 남편에게 저항하다가 화병으로 죽게 된다. 하지만 돈 라몬은 영적 지도자가 되어 현대인들이 잃어버린 태고시대의 '어둠의 신'의 진리를 전파하고 인간을 구원하는 사명을 강력하게 추진한다. 돈 라몬과 돈 치프리아노는 둘 다 로렌스를 부분적으로 투사한 인물들이라고 할 수 있다. 여주인공 케이트는 자기와는 다른 피가 흐르는 인디언계인 돈 치프리아노와 결혼하여 새 종교의 구성원이 되었지만 시간이 지날수록 두 개의 다른 자아세계를 시계의 진자와 같이 오락가락하면서 정체성의 혼란과 갈등을 겪다가 마침내 멕시코에 남겠다고 결심하는 장면으로 작품이 끝난다. 이런 결말은 두 종족 사이에 메우기 힘든 의식의 차이가 있다는 사실을 나타낼 뿐만 아니라, 케이트(혹은 작가 로렌스)에게 인디언 족의 고대종교로부터 감동을 받아 동참하였고 입문식을 거쳐 이민족과 결혼까지 하도록 이끌렸던 인디언 족의 계시적, 묵시적 비전에 한계가 있음을 나타낸다. 로렌스가 기독교 문명국인 영국에서 태어나 서구식의 교육을 받고 성장한 바탕이 되는 자아의 뿌리에서 그의 정체성을 완전히 변화시킨다는 것은 사실상 불가능한 것이다.

3 ▌ 묵시적 시대로서의 제1차 세계대전

커모드Frank Kermode는 벌Malcolm Bull이 편집한 『묵시 이론과 세계의 종말』(*Apocalypse Theory and the Ends of the World*)에 기고한 「종말을 기다리며」("Waiting for the End")라는 논문에서 유명한 대수도원장인 요아킴 Joachim이 형식화한 세 단계의 묵시적 시대를 소개하면서, 로렌스가 이러한 요아킴의 묵시적 시대의 분류에 큰 영향을 받았음을 지적한다 (257-60). 요아킴은 '요한계시록'을 연구하여 묵시적 시대를 성부, 성자, 성령의 세 단계로, 그리고 이와 함께 그 사이에 있을 법한 과도기적 단계들로 형식화했다. 그의 묵시적 사유의 고안은 당대에 큰 영향을 미쳤을 뿐만 아니라 그 후에 다양한 양식들로, 그 중의 일부는 매우 기이한 방식으로 발전되었다고 한다. 로렌스도 요아킴의 세 단계 양식에 대해 큰 관심을 보였다. 그런데 로렌스는 제1차 세계대전 시기를 통해 마음의 상처와 심리적 외상이 너무나 컸던 작가이며, 이런 전쟁 시대를 묵시적인 비전으로 바라보았다.

로렌스의 아내 프리다Frieda의 친정아버지는 한때 독일군의 장군이었고 남작 작위를 가진 귀족이었으며, 그녀의 사촌은 독일군의 제플린Zeppelin 폭격기로 런던을 공습하였던 공군장교였다. 생김새도 좀 별난 로렌스는 독일인인 부인과 콘월에 머물며 해안가의 외딴 집에서 사는 동안 수상한 인물로 의심을 받았으며, 독일군의 스파이 혐의자로 늘 감시와 심문을 받는 처지였다. 뿐만 아니라 영국군대에 입영하기 위해 세 차례나 받은 징병 신체검사 과정에서 많은 치욕을 당했고 모멸감을 받았다. 로렌스에게 제1차 세계대전은 인간성에 대한 모욕과 자아를 파괴당하는 절망과 고난의 시기였던 것이다. 무어Harry T. Moore는 『사랑의 성직자: 로렌스의 삶』(The Priest of Love: A Life of D. H. Lawrence)에서 제3장을 "The War Years"라는 제명을 붙여 로렌스의 작품들과 삶을 상술하고 있다. 로렌스는 특히 제1차 세계대전이 일어난 1914 ~ 1918년대를 고난과 극심한 퇴폐의 시기로 보았다. 로렌스의 이러한 전쟁과 관련된 경험에 대해서는 『캥거루』에서 '악몽'(Nightmare)이라고 명명된 제12장에서 자서전적인 기술방식으로 상세하게 기록되고 있다. 로렌스의 여러 소설들에는 전쟁 후의 사회적 불안과 자아의 붕괴상태, 도덕적 타락과 데카당스 풍조, 잔인한 인간의 의지와 폭력성 등이 묘사되고 있다. 심지어 전쟁을 언급하지 않은 전쟁소설이라고 말할 수 있는 『사랑하는 여인들』의 경우 처음에 작품의 제목으로서 묵시적인 표현을 담은 '마지막 날들'(*The Latter Days*)과 '분노의 날'(*Dies Irae*)이 고려되었다고 한다 (Kermode, 257). 전쟁 시기 동안에 창작되었던 이 작품에는 전쟁의 영향으로 인한 인간의지의 잔학성이 간접적으로 투사되고 있다. 사회의 동원령과 폭력성, 자본가들과 지배층의 제국주의적 통제, 조직에의 편입과 인간의 기계화, 생명력의 억압 등과 같은 묘사가 그 흔적이라고 할 수 있다. 그런가 하면 전쟁 후에 쓴 『캥거루』의 제10장 '재향군인들'(Diggers)과 중편소설 「쓴트 모어」에는 유명한 묵시적 상징들이 담겨 있다. 전자의 '재향군인들'에는 전쟁 후의 호주에서 무질서한 정치결사체와 정당들의 혼란스러운 정치이념뿐만 아니라 각종 이익 단체들의 노동 운동 및 사회 운동이 난무하는 여러 장면들이 들어있다. 앞에서 이미 언급했듯이 '캥거루'는 재향군인회 클럽을 기반으로 하는 사회주의 정당의 보스이다. 주인공인 소머즈의 눈에 보이는 모든 풍경은 뭔가 악마적이고 퇴폐적인 냄새가 스며있고 죽음을 예감케 하는 묵시적인 상징처럼 느껴진다. 그가 산기슭이나, 산길, 나무, 바위, 거리, 마을을 걸어 다니면서 바라볼 때 어둠 속에서 태고시대의 영향력이 그의 영혼을 마비시키는 듯하고, 사람들을 에워싸고 위협하는 어떤 예감을 가진다. 그리고 「쓴트 모어」에서 여주인공 루Lou가 사들인 불타는 생명력을 가진 위험스러운 종마인 '쓴트 모어'는 반생명적인 현대문명인의 전형이라고 할 수 있는 루의 남편, 리코Rico를 등에서 떨어뜨려 평생 절름발이로 만들어버리는 사고를 일으킨다. 이러한 쓴트 모어의 행동은 묵시적 심판이 암시된 것이다.

　　제1차 세계대전과 그 후의 전후 시대를 로렌스처럼 바라본 것은 로렌스 혼자만이 아니었다. 당대의 젊은이들, 특히 예술가들은 그 전쟁을 낡은 세계를 일소하고 새로운 세계를 열 것이라는 묵시적 낙관주의로 반응했다고 한다. 로렌스도 제1차 세계대전 후에 파멸에 이어 재생이 도래할 것이라는 기대를 계속 지녔다고 한다. 그러나 뒤이은 4년간은 그러한 희망이 사라지자 퇴폐의 느낌이 되돌아왔을 뿐이었다. 1920년대에도 로렌스는 고집스럽게 퇴폐를 다뤘으며, 실제로 그의 묵시적 확신은 증가했을 뿐만 아니라 세밀함도 얻었다(Kermode, 257-60).

『채털리 부인의 사랑』의 시대적 배경은 제1차 세계대전이 일어난 뒤이며 전쟁의 후유증과 심리적 외상이 첫 페이지부터 언명되고 있다. 인물과 사건들을 다루는 작가의 어조와 기법에서 이 소설이 심오하게 묵시적임을 느낄 수 있다.

> 우리 시대는 본질적으로 비극적이어서 우리는 이 시대를 비극적으로 받아들이려 하지 않는다. 큰 변동이 일어난 후 우리는 폐허 속에 살고 있으며 조그만 주거지를 세우고 새롭고 작은 희망을 품기 시작한다. 이는 상당히 어려운 일이다. 미래로 나아가는 순탄한 길이 이제 없기 때문이다. 우리는 장애물을 돌아서 가거나 기어 넘어간다. 우리는 살아나가야 한다. 아무리 하늘이 무너진다 해도 말이다. 콘스탄스 채털리는 대략 이러한 처지에 처해 있었다. 전쟁으로 인해 그녀는 머리 위로 천장이 무너져 내리는 듯한 경험을 했다.

> Ours is essentially a tragic age, so we refuse to take it tragically.

The cataclysm has happened, we are among the ruins, we start
to build up new little habitats, to have new little hopes. It is rath-
er hard work: there is now no smooth road into the future: but
we go round, or scramble over the obstacle. We've hot to live,
no matter how many skies have fallen. This was more or less
Constance Chatterley's position. The war had brought the roof
down over her head. (5)

1917년에 콘스탄스Constance, 즉 코니Connie는 클리포드 채털리
Clifford Chatterley와 결혼하는데 한 달간의 신혼을 보낸 후 남편이 전쟁에
참전했고, 6개월 후에 부상을 입어 하반신이 마비된 채 돌아온다. 1920
년에 두 사람은 클리포드의 고향인 랙비Wragby로 들어온다. 이곳은 클리
포드의 영지로서 광산이 있다. 이제 클리포드는 휠체어를 타고 몸이 온
전치 못하며 그의 자아와 심리는 비정상적으로 비뚤어진다. 이와 같은
클리포드에 대한 묘사에는 묵시적인 의미와 상징성이 담겨있음을 느낄
수 있다. 뿐만 아니라 작중인물들은 대부분이 죽음을 선택한 인간들이
며, 마비와 퇴폐가 그들을 죽음의 세계로 내몰고 있다. 이런 마비와 퇴
폐가 랙비 저택에 모여드는 당대 지식인들과 예술가들의 행동양식과 사
고방식을 통해 잘 표현되고 있다. 클리포드가 초청한 작가들 중에서 마
이클리스Michaelis라는 인물은 코니에게 반하고 육체적 관계를 맺게 되지
만 둘의 관계가 지속되지 못하는데 이런 에피소드는 하나의 예에 불과
한 것이다. 클리포드의 저택에서 일어나는 당대 사교계의 퇴폐성과 생
명마비의 증상은 종말론적인 풍경의 묵시라고 할 수 있는데 이와 같은

상황에서 코니는 죽음의 세계와 지옥에서 탈출해야 한다. 이즈음에 영지의 사냥터지기 멜로즈Mellors가 그녀의 눈앞에 나타나고 새로운 삶을 위한 역사적 장으로 진입하는 계기가 일어나는 것이다.

　제11장은 코니가 자동차로 클리포드 소유의 영지에 있는 탄광제철 공업지대를 여행하는 형식으로 되어 있다. 이 장은 마치 종말시대의 묵시적 환상을 보는 듯한 풍경이다. 지역 전체는 신록의 계절인 5월임에도 음울한 죽음의 빛과 냄새로 가득하다. 날씨는 쌀쌀하며 빗속에 연기가 떠돌고 공중에는 엔진의 배기가스가 차 있다. 사람들은 다만 자신의 이지력에 의지하여 살아가는 것 같고 직감력이 상실된 무서운 느낌을 줄 뿐이다. 오염물질로 인해 더럽혀지지 않은 것은 하나도 없다. 자연의 아름다움은 조금도 남아있지 않으며 자연계의 새나 짐승이 지니고 있는 본래의 자태는 어디에서도 찾아볼 수 없다. 마을들은 아름다웠던 과거와는 판이하게 달라졌고, 사람들은 금전 문제나 사회적, 정치적 문제에 대해서는 신경과민인 반면에 자연스럽고 직감적인 쪽은 모두 사멸되어 버렸다. 사람들은 절반쯤은 사체이며 다른 절반은 그들의 의식에 무서운 아집을 가지고 있을 뿐이다. 이런 장면은 카슨Rachel Carson의 『침묵의 봄』(Silent Spring)을 연상시켜준다. 코니에게 이런 세계는 소름이 돋을 정도로 암울하게 느껴진다. 광부들은 온 몸이 짙은 잿빛으로 되어 있고, 한쪽 어깨만 높이 올라간 몸뚱이를 움츠린 채 무거운 징을 박은 구두를 끌면서 탄광에서 돌아오고 있다. 인간이 지니고 있어야 할 무언가가 착취되어 죽어 있는 모습이고, 잿빛 얼굴과 번들거리는 허연 눈을 하고 있다. 갱도의 천장에 닿지 않으려고 늘 목덜미를 움츠려서 기형적인 어깨

가 되어버린 광부들은 인간이면서도 인간이 아닌 석탄과 철과 진흙으로 뭉쳐진 영혼을 지니고 있으며, 탄소와 철, 규소 같은 원소에 딸린 잠깐 동안의 생물이라고 묘사된다. 석탄의 광택, 유리의 투명성, 철의 무게와 빛깔과 저항력을 느끼게 하는 이런 광부들은 소름끼치는 지옥세계의 풍경에서 살아가는 군상들이다. 코니의 눈앞에 펼쳐진 이러한 풍경은 비단 이 지역에만 국한되는 것이 아니라 그녀가 알고 있는 모든 상류계급에게도 동일하게 적용되는 것이다. 남편 클리포드를 바라보는 코니의 견해는 광부들에 대한 것과 다를 바 없으며 생명이 사멸된 괴물에 지나지 않는다. 이제 영국이라는 국가는 세계의 종말에 도달한 것이다. 끔찍한 죽음의 지옥세계에 대한 묵시적 비전이 이처럼 눈앞에 펼쳐진 것이라고 할 수 있다.

4 ▌ 예언적 비전과 피닉스로서의 로렌스

로렌스가 콘월에 머물렀을 때 겪었던 제1차 세계대전 시기의 수난이 잘 기술되어있는 『캥거루』의 제12장 '악몽'(Nightmare)에는 주인공 소머즈가 황야를 산책할 때 특별한 "성령"(spirit or holy spirit)의 소리를 듣는 "제2의 귀"(second hearing)와 그리고 먼 거리까지 볼 수 있는 "제2의 영안"(second sight)이 언급되는 장면이 등장한다(250). 영국 정부에서 아스퀴스Asquith 수상이 떠나고 조지Lloyd George 수상이 취임했다는 뉴스를 들은 소머즈가 산책할 때 황야에서 "영국의 최후가 왔다. 나라는 망하고 결코 되살아나지 못하리라"(It is the end of England. It is finished. England will never be England anymore, 250)라는 '성령'(spirit)의 소리가 계속 들린다. 이와 같은 '마음속 어딘가'에서 혹은 마음속의 '깊은 곳'에서 들려오는 어떤 예감적인 목소리의 예를 다른 장면에서도 찾아볼 수 있는데 릴리가 아론과 말다툼하는 장면이 그러하다. 릴리는 그것을 "예감"(presentiment), "내면의 영적 종류"(the kind of spirit you keep in-side you), "생령"(the life spirit), "인간의 영혼"(our own souls as we find them) 등으로 표현한다(146). 릴리는 이와 같은 존재를 거부하고 불순종하는 대중과 군중을 혐오하면서 그들이 "죽음을 선택하여"(death choice, 146) 살아간다고 비난한다. 로렌스는 마음속에 있는 이런 존재를 다른 언어적 표현으로서 신god이나 성령holy ghost, 어두운 존재dark presence, 어둠의 신dark god과 같은 이름으로도 표현한다. 그런데 이런 용어들이 사용되는 상황을 보면 작중인물들은 자신의 내면에서 느껴지는 그와 같은 초월자 앞에서 지극히 수용적이고 수동적인 심리상태가 된다. 그렇게 될 때 자아의 내면이 열려서 초월자의 목소리를 느끼고 들을 수 있는 예언자(대언자)가 된다. 로렌스는 이와 같은 영성적 체질이 비상하게 개발된 예술가이기 때문에 직감력과 영성이 결여되어버린, 기계의 부품이나 단위로 전락한 인간들을 극렬히 혐오한다.

로렌스가 그의 작품들에서 스스로를 예언자로서 등장시킬 때에 생애의 단계에 따라 예언자적인 색깔이 달라짐을 알 수 있다. 그레고리 Horace Gregory에 의하면 『날개 달린 뱀』에서 로렌스는 "적나라한 예언자" (the naked prophet)로 등장하며 종교적 지도자와 웅변적 설교자의 옷을 입고 있다(61). 그러나 로렌스가 멕시코로부터 다시 유럽으로 돌아와서 쓴 『채털리 부인의 사랑』에서는 자연의 상징인 산장지기 멜러즈에게 예언자가 투사되어 색깔이 달라진다(77). 그러나 로렌스가 신약성경의 '요한계시록'을 비판적으로 해설하고 자기 사후의 구원을 위해 고대원시 종교에서 발견되는 영적 지혜와 현대 유럽인에게서 보게 되는 지성을 비교한 그의 마지막 에세이집인 『묵시록』을 보면 예언자로서의 색깔은 또다시 달라진다(61). 이 책에서 로렌스는 원시인류의 신화적 의식에 나타나는 "피 의식"(Blood-Consciousness)의 중요성을 재인식시키고 파멸의 위기에 처한 현대문명을 비판하고 구원을 제시하는 예언자의 모습을 보인다. 로렌스에게 현대인들은 "피 의식"을 상실함으로써 잔인하고 위험스러운 파괴자, 죽은 자의 모습으로 보였다. 그는 자신의 작품에 기술한 언어적 목소리의 힘을 예언자로서의 자신과 일치시키고(the prophet identified himself with the power of his voice written in words across the page), 이외 같은 단순한 창조적 행위를 통해 자기 구원을 성취한다(Gregory, 108).

앳킨즈John Atkins에 의하면 로렌스는 제2차 세계대전의 발발을 예언했다는 것이다(134). 로렌스가 사망한 해로부터 10년 후인 1939년에 정확하게 제2차 세계대전이 일어났다. 로렌스와 가장 절친했던 소설가인 헉슬리Aldous Huxley는 그가 쓴 장편소설인 『연애 대위법』(*Counter Point Counter*)에서 람피온Rampion이라는 인물을 등장시키는데 이 인물은 로렌스를 위장시켜 창조한 것이다. 람피온은 사람들이 물질주의와 향락에 빠져 백치와 기계처럼 살아가는 사회적 풍조를 비판하고 앞으로 10년이 지나면 세상이 멸망할 것이라고 말한다(Atkins, 134). 로렌스가 당대의 유럽문명이 물질주의와 이기적 탐욕으로 몰락할 것이라고 지적했던 예언은 적중했다. 헉슬리는 로렌스의 놀라운 예언적 능력과 직관적 통찰력을 파악했던 것이다.

로렌스 소설에서 예언자적 목소리가 주는 가치는 무엇인가? 로렌스의 예언자적 목소리에 대해서는 신비주의적인 접근이 가능할 것이다. 하지만 로렌스는 자신의 비상한 예언자적 감성에 대해 다른 사람들로부터 비난과 저항을 받기도 하였다. 이런 사실은 그의 소설들의 여러 대목을 통해 표현된다. 도너휴Denis Donoghue에 의하면, 로렌스는 독자나 평자들로부터 이론적 측면에서 그의 사적 종교와 형이상학이 과소평가될 수 있을 뿐만 아니라, 그가 사용하는 성서적 관용어, 예컨대 성부Father, 성자Son, 성령Holy Ghost에 대한 의존이 세속적이며 신성모독적인 소수파의 에세이일 뿐이라고 생각될 수 있다고 말한다(197). 그러나 로렌스로서는 자신의 종교적 열정을 진지하게 표현하는 수단으로 그런 성서적 용어들을 차용한 것이 분명하다. 진지한 영성의 소유자였던 로렌스는 자신이 찾고 있었던 가장 심오한 종교의 형태를 고대원시인들로부터 발견하고는 그것을 인류역사에서 '잊어버린 영적 지식'(forgotten knowledge, *Fantasia* 14)이라고 말했다. 이와 같은 지식은 현대사회를 위해서 뿐만 아니라 로렌스 자신의 사후세계를 위해서도 계시의 수단으로서 필요했다. 그의 이러한 영적 재능에 대해 특별히 주목하고 높이 평가한 평자들 중의 한 사람이 헉슬리이다. 로렌스를 가장 잘 이해하였고 로렌스의 임종 때에 곁을 지켰던 헉슬리는 로렌스가 보통 사람들은 잊어버린 "인간의 의식적 지성의 경계들을 넘어서 있는 어두운 타자의 존재"(the dark presence of the otherness that lies beyond the boundaries of man's conscious mind, Introduction, 8)를 볼 수 있는 천재적 예술가라고 극찬했다.

일반적으로 신은 인간의 이성이나 인식을 뛰어넘는 존재라고 할 수 있다. 그래서 인간에게 신은 알 수 없고unknowable, 볼 수 없으며invisible, 초월적이다supernatural. 하지만 인간은 신의 실존에 대한 믿음을 가지고 신의 만지심touch이나 부름/소명calling이나 환상/비전vision과 같은 매개를 통해서 신의 계시를 경험할 수 있고 신과의 신비적인 소통을 누릴 수 있다(Bavinck, 159-60 참조). 탁월한 영적 능력의 소유자인 로렌스는 사후의 세계에서 부활할 수 있는 자신의 상징인 '불사조'(phoenix)를 자기-예언적self-prophetic 상상력 속에서 언제나 그려보며 살았다. 『캥거루』의 제9장에는 남편(로렌스)인 소머즈Somers가 부인(프리다)인 핼리엇에게 자기를 "불꽃 속의 둥지에서 부활하는 불사조"(a phoenix rising from a nest in flames)라고 말한다(192). "불의 둥지"(the nest of flames, "A Propos", 110)로부터 불꽃생명으로 부활하는 로렌스의 피닉스는 '창조(생명) → 파멸(죽음) → 부활(구원)'의 영구회귀적인 패턴을 따른다. 로렌스가 '나의 불사의 상징 피닉스'(my phoenix, symbol of immortality, "A Propos", 110)라고 스스로 언명했듯이, 그는 불사조가 되어 삶과 죽음의 세계를 가로지르며 자유롭게 왕래하는 부활한 새로서 살고자 소망했던 예언적 작가이다. 종교적인 상상력의 세계에서 로렌스는 피닉스라는 자기-계시적 상징을 통해 영생을 누릴 사후세계를 성취하는 강력한 에너지를 얻었다. 이런 자기-계시적 상징의 창조는 구원을 성취하는 방법이 되었다.

로렌스의 종교적 의식 탐험과 주이상스 심리[*]

1 ▌ 종교적 의식 탐험가의 주이상스 체험

데이비드 허버트 로렌스David Herbert Lawrence의 문학작품에는 작중인물들의 심리묘사에서 희열과 고통, 성과 속, 성령과 악령 등 상반된 특성들이 복합되거나 교차되는 현상을 많이 찾아볼 수 있다. 이러한 심리적 특성은 이해하기가 쉽지 않고 희귀한 측면이다. 왜냐하면 두 개의 이질적인 특성의 혼합으로 조화가 상실되어 있기 때문이다. 이른바 양가성am-bivalence이라 부를 수 있는 특성을 많이 찾아볼 수 있다. 이러한 감정에 대해서 정신분열증이나 신경증의 발로라고 부정적인 견해를 보이는 평

---

* 이 장은 부산대학교 자유과제 학술연구비(2년)에 의하여 연구된 논문인 「D. H. 로렌스의 종교적 의식 탐험과 주이상스 심리」를 조금만 수정한 것이며, 한국문학과종교학회지 『문학과 종교』 제19권 3호(2014년 가을)에 게재되었다.

자들도 없지 않지만 그 의미를 제한하기에는 훨씬 더 깊은 심리적 차원을 내포한다. 이 장은 로렌스 문학작품에서 이러한 양가적 특성이 나타나는 양상들 중에서 종교성과 성sexuality이 결합된 측면에 주목하고 이것을 라캉Lacan의 정신분석학에서 말하는 주이상스jouissance와 연결하여 해석해보고자 한다. 특별히 로렌스 문학에서 주목을 끄는 것 중의 하나가 어떤 원초적 종교성과 성의 공존성이다. 다시 말해 로렌스의 성에는 종교성이 깃들어있다는 것이다. 그러나 그 실체적 성격은 명료하게 포착하기가 힘들고 회피적evasive이다. 캐서린 헤일즈Katherine Hayles에 의하면 로렌스 문학에는 양자 물리학이 보여주는 특징인 불확정성, 애매성, 이중성이 나타난다고 지적한다. 즉 인간의 생명이 "무의식의 장"(the field of the unconscious)과 "우주적 그물"(cosmic web) 속에서 이루어내는 현상학적 수객관계에 대한 로렌스의 깊은 신념에 따르면, 실재reality는 엄격한 법칙들의 현시가 아니고 역동적인 흐름이며, 관찰자는 데카르트적 객관성 안에 고립되어 있는 것이 아니라 이러한 흐름에 참여하고, 실재의 어떤 양상들은 항상 결정론적 분석을 교묘하게 회피한다는 것이다 (86-87).

연구대상으로 선택한 작품은 십자가에 못 박혀 죽어가는 예수의 십자가상을 보고 예수의 내면적 감정을 상상하여 묘사한 여행문집인 『이탈리아의 황혼』(*Twilight in Italy*) 속의 「산속의 십자가」("The Crucifix across the Mountains")[1]와 아메리카 인디언들의 신과 종교에 대해 강렬

---

1) D. H. Lawrence, "The Crucifix Across the Mountains," *Twilight in Italy* (Harmondsworth, Middlesex: Penguin, 1977). 이후 인용은 쪽수만 표시한다.

한 호기심을 가지고 있는 한 여인이 산속에 있는 인디언 족의 오지 마을로 찾아가서 그들의 신과 종교에 귀의하고 태양신에게 몸을 제물로 봉헌하는 인신공희human sacrifice가 재현된 단편소설 「말을 타고 떠난 여인」("The Woman Who Rode Away")2)이다. 전자는 십자가형을 당하고 있는 성자의 처절한 모습에서 나타나는 고통과 내면적 생각들에 대한 묵상이 중심을 이루고 있으며, 후자는 백인 여주인공이 현대 물질문명에 염증을 느껴 자신이 살고 있는 문명사회를 떠나 인디언 마을로 들어가서 자기가 믿는 백인의 신을 버리며 인디언 족의 태양신에게 거의 자발적인 제물로 바치게 된다. 두 작품은 모두 인신제물을 모티프로 하고 있고, 에로틱한 관능성과 성스러운 원초적 종교성이 투영되어 있다. 죽음에 이르기까지의 각 과정에는 양가적인 감정, 즉 고통-두려움-공포의 감정과 이에 상반되는 성스러움-에로틱한 관능-황홀경의 감정이 혼합되어 있어서 주이상스의 주체가 되는 인물들을 다룰 수 있는 좋은 모델이 된다.

주이상스를 구성하는 요소로는 보통 세 가지를 든다(호손, 389-90, 글로윈스키 외, 132-37 참조). 종교적인 맥락의 성스러움과 두려움, 성적 에로티시즘을 맥락으로 하는 오르가즘, 사물을 사용하고 소유함으로써 얻게 되는 물질적 성취감이다. 이 중에서 세 번째는 문학적인 큰 관심사항으로 탐구되는 것 같지는 않다. 로렌스의 문학 텍스트에서 주이상스가 발생하는 여러 계기들을 보면 전자의 두 가지 요소가 놀랄 만큼 잘

---

2) D. H. Lawrence, "The Woman Who Away," *D. H. Lawrence: The Complete Short Stories Vol. II* (Harmondsworth, Middlesex: Penguin, 1986). 이후 인용은 쪽수만 표시한다.

표현되고 있다. 양성간의 에로틱한 성적 접촉을 다루는 과정과 육신의 죽음과 부활을 다루는 과정, 신적 존재와의 접신상태를 다루는 과정 등에는 종교적인 특성에 속하는 성스러움과 두려움, 무한의 희열과 황홀의 감정이 혼용되어있다.

이제 잠시 '주이상스'에 대해 보다 자세하게 살펴보자. 불어인 '주이상스'(jouissance)는 라캉의 정신분석에서 사용된 조어인데 향유, 향락, 열락, 희열, 즐김 등으로 번역되고 있다.[3] 하지만 이들은 어느 한 면을 가리킬 뿐이며 전체를 담지하지 못한다.

라캉에 의하면, 주이상스는 항상 치명적인 관계를 갖는 즐거움이라서 거의 견딜 수 없는 수준의 흥분에 도달하게 되는 역설적 쾌락이다 (글로윈스키 외, 132-33). 라캉은 주이상스란 고통과 쾌락의 스펙트럼 전체를 포함시키는 헤아릴 수 없는 것으로서 우리 인간을 '향락의 주체' (sujet de jouissance)라고 불렀다. 향락은 죽음 본능의 성애에 연결되어 있고 쾌락의 원칙을 넘어서서 무서운 가망성을 제공하는 공포의 요소가 들어있다. 라캉에 있어서 주이상스는 근본적인 결여와 만남으로써 만들어진다고 본다. 이것은 남녀의 두 성 사이의 적합성의 불가능성, 다시 말해 언어작용의 기능에서 볼 때 말해진 것과 사물 자체 사이에 게재된 적합성의 불가능성을 가리키는 실재계라는 것이다. 이런 실재계의 불가

---

3) 이에 대해서는 제레미 M. 호손, 『현대 문학이론 용어사전』, 정정호 외 옮김(서울: 동인, 2003), 389-90; 후게트 글로윈스키, 지타 마르크스, 사라 머피, 『라캉 정신분석의 핵심용어』, 김종주 옮김(서울: 하나의학사, 2003), 132-39; 바이스 벤베누토, 로저 케네디, 『라캉의 정신분석 입문』, 김종주 옮김(서울: 하나의학사, 1999), 210; 「신, 그리고 그/여성의 '희열」, 권택영 엮음, 『자크 라캉 욕망이론』(서울: 문예출판사, 1994), 274-88을 참조하라.

능성이 반복하려는 추진력을 만들어내며, 주이상스의 회귀에는 언제나 실패, 상실을 초래하는 반복이 계속된다고 본다. 라캉은 반복의 이런 측면과 만나게 되는 계기에서 프로이트Freud가 죽음의 본능을 발견했다고 보았다. 프로이트가 욕망의 두 가지 형태인 성적인 욕망과 죽음의 욕망 간의 대조라는 이원성으로 제시한 것을 라캉은 충족과 고통의 매듭이라는 내적인 이율배반으로 제시해 놓고 있다. 이런 의미에서 주이상스는 강력한 고통이면서 상반되는 것을 포함하는 충족의 한 가지 형태가 된다. 따라서 주이상스는 욕망할 만한 것이 못 되고 임상에서는 이해할 수 없는 고통으로 받아들인다.

앞에서 언급한 크게 세 가지로 기술되는 주이상스의 의미를 좀 더 자세히 살펴본다. 첫 번째 의미는 종교적인 맥락에서 충만하게 느껴지는 실제적이고 친근한 기쁨이다. 두 번째 의미는 성적 쾌락, 즉 오르가즘이다. 프랑스 단어의 속어에 jouir라는 동사는 '오르가즘에 도달하다'의 뜻도 있다. 즉 얻을 수 있는 최대의 쾌락인 성적 쾌락에 연관되며, 명확하게 말로 표현할 수 없는 성적 흥분상태의 경험이 들어있다. 라캉의 주이상스에 대한 관점에 따르면 주이상스는 프로이트의 해방된 흥분 과정의 배출에 관련되고 일차 과정인 해방된 과정과 이차 과정인 구속받는 과정에서 쾌락과 불쾌의 양쪽 방향을 통해 훨씬 더 강렬한 느낌을 불러일으킨다. 세 번째 의미로는 무엇인가를 사용함으로써 그것이 제공하는 것으로부터 이득을 취하거나 만족을 이끌어내는 행위와 연관된다. 권리와 재산의 향유에서처럼 어원적으로 소유라는 단어와 관련된다는 것이다.

위의 개념을 종합해 보면 주이상스에는 종교적인 영성의 측면과 육체적인 성성sexuality 또는 관능성의 측면이 공존한다는 사실을 알 수 있다. 라캉의 세미나 내용을 담은 프랑스어 출판물 표지에 「성녀 테레사의 황홀경」 그림이 실려 있는데 이처럼 라캉에게 주이상스는 성적인 동시에 영적이고, 육적인 동시에 개념적인 것이다(호손, 389). 테레사 표지 그림은 원래 베르니니Bernini가 만든 조각인 「성 테레사의 법열」에서 나왔다. 이 조각 작품은 라캉뿐만 아니라 바타이유Bataille의 저술에서도 표지를 장식하고 있으며 주이상스를 상징하는 예술작품으로 제시되었다. 이 작품은 성적 오르가즘과 접신상태가 얼마나 유사한가를 보여주는 예라고 본다. 하지만 주이상스가 갖는 애매성의 함의는 라캉이 제시한 상이한 예들이 논리적인 동질성은 갖지만 각각의 경우들에서 경험적 동일성이 확보되기가 힘들다는 점에서 나타난다.

칸트Kant의 미에 관한 철학서인 『판단력비판』(*The Critique of Judgement*)에서는 '숭고'(the sublime)를 중요한 용어로 제시하는데, 일면에서 주이상스는 '숭고'와 교차되는 부분이 있다. '숭고'의 감정에는 언어적 표현을 초월하는, 무한성과 영원성의 신적인 거룩함과 경이감뿐만 아니라 두려움과 공포가 공존하는, 즉 외경이 들어있다.[4] 칸트의 숭고는 양적으로 보면 언제나 끝이 없기 때문에 무한하며 무량이다. 질적으로는 두려움과 거룩함의 양가적 감정이 공존한다. 그러나 칸트의 숭고

---

4) 이에 대해서는 김상현 옮김, 『이마누엘 칸트 판단력 비판』(서울: 책세상, 2008), 「칸트의 숭고론」, 153-67을 참조하라. 그리고 영어 번역본으로 James Creed Meredith, trans. "Book II. Analytic of the Sublime," *Immanuel Kant: The Critique of Judgement* (Oxford: Clarendon, 1952), 90-117을 참조하라.

는 라캉의 주이상스와는 달리 반드시 성적이어야 하거나 종교적이어야 할 필요는 없다. 숭고와 주이상스의 공통성은 다 같이 양적으로 무한, 무량이고 질적으로는 상반된 양가감정이 공존한다는 것이다. 한편 임마뉴엘 레비나스Emmanuel Levinas는 주이상스를 영적, 종교적 차원에서 접근하여 신을 사랑하고 신과 하나가 되었을 때 발생하는 전체성totality와 무한성infinity로부터 일어나는 '열락'(enjoyment)라고 본다(12, 13, 26). 그런데 라캉의 주이상스는 욕망을 아무리 채워도 전체를 채우기가 불가능한 향락이 남아있어서 그 부분이 계속적으로 육체를 자극하고 추동한다는 것이다. 이것을 '잉여'라고 부르며 프로이트가 말하는 '반복'의 강박성과 부합한다고 본다(글로윈스키 외, 132).

쾌락plaisir, 영어로는 pleasure과 향락jouissance의 차이를 말해보면, 주이상스의 의미가 더욱 명료해질 수 있다(나지오, 73-74). 라캉의 정신분석 견해와 차이가 나면서도 겹치는 부분이 있는 프로이트의 견해에 의하면 쾌락에서는 휴식과 이완의 방향으로 심리적 긴장이 감소되지만 주이상스는 긴장의 유지나 고조에 있다. 주이상스는 직접 느껴지지 않지만 육체와 심리, 즉 주체 전체가 최대의 시련을 겪을 때에 간접적으로 나타난다. 쾌락은 의식적이거나 전의식적이고 항시 에너지가 느껴진다. 그러나 주이상스는 무의식적인 모습을 띠며 결코 직접 느껴지지 않고, 참을 수 없는 긴장인 도취와 생소함의 혼합물로서 경험할 때 쓰는 말이다. 주이상스는 한계 상황, 즉 파열 상황에서 경험하는 에너지의 상태인데, 그때는 고비를 넘고 도전을 감수하며 예외적이고, 가끔은 고통스러운 발작과 대결한다. 이상에서 살펴보았듯이 라캉의 주이상스는 종교적, 성적인 함의를 지녔으며, 근원적이고 원초적인 본능의 요소를 내포하고 있고, 삶과 죽음의 본능과 소유의 본능 등에 동시적이고 복합적으로 깊이 연루되어 있어서 우리말의 번역어를 찾기가 불가능하다. 마치 프로이트의 '리비도'를 번역할 수 없는 것과 유사하다.

주이상스가 로렌스 문학에서 어떤 양상과 의미를 지니고 나타나는지를 다루는 이 장은 종교적 요소와 성적 요소의 복합성에 초점을 두고 주이상스 심리를 살펴볼 것이다. 로렌스 문학에서 성과 종교는 가장 원초적이며 핵심적 영역을 이루고 중요한 모티프가 된다는 점을 상기할 필요가 있다. 여기에는 명료하게 규정할 수 없는 신비주의적인 특성이 존재하는데, 신성, 불가사의, 경이로움, 두려움 등과 같은 감정들이 복합되어 있다. 이러한 영역에서는 미답의 알 수 없는 저 너머 세계가 있는 듯하다. 그리힌 '낯선 존재'(strange presence)를 로렌스는 "어둠의 신"(Dark God)으로 표현하기도 했다. 로렌스와 절친했던 친구인 헉슬리 Aldous Huxley는 로렌스가 늘 의식의 저 너머에 존재하는 '타자'(other)를 느끼기를 원했다고 말한다.5) 로렌스에게 이러한 타자란 무의식 세계에 잠재해있는 신비스러운 존재를 뜻한다. 헉슬리는 로렌스가 그의 사색적인 에세이에서 신비한 우주론이나 정신생리학을 주장하거나 또는 육체의 부활로서 기이한 기독교 교리를 주장할 때 일종의 "신비적인 물질주의자"(mystical materialist)임을 드러낸다고 지적한다. 로렌스가 그렇게 된 것은 추상적인 지식과 "순전한 정신성"(pure spirituality)을 싫어했기

---

5) Aldous Huxley, Introduction, ed. Richard Aldington, *Selected Letters of D. H. Lawrence* (Harmondsworth, Middlesex: Penguin, 1961), 16-17을 참조하라.

때문이라고 해석한다(17). 그의 마음에는 존재의 한 쪽인 '영'(spirit)만 오직 살아있는 것으로는 충분하지 못했다. '영'('육체'에 대비)은 인간의 '의식'('무의식'에 대비)의 정체일 뿐이기 때문이다. 헉슬리에 의하면 로렌스는 자기 자신과 항상 일치하기를 원했던 것은 아니고 '타자성'(otherness)을 알기를 원했다고 한다. 즉 "그것이 됨으로써 그것을 아는 것"(know it by being it), "살아있는 육체 속에서 그것을 아는 것"(know it in the living flesh)을 추구했으며, 그것은 언제나 본질적으로 타자이며, 그래서 마땅히 육체의 부활이 있어야 한다는 것이다. 로렌스의 이와 같은 전체적 존재의 추구 때문에 그는 불가피하게 외부에 산재하는, 그리고 내부에 어둡게 집중되어있는 "타자성의 신비스러운 힘"(mysterious forces of otherness)에 끈질기게 매달린다는 것이다(17). 이와 같은 점에서 로렌스의 예술적 모토인 소망 충족wish fulfillment에는 충족되지 못하고 '결핍적인,' '잉여적인' 주이상스가 늘 존재한다고 볼 수 있다.

2 ▋「산속의 십자가」: 살과 피의 해체와 주이상스

죽음과 삶은 서로 상반되지만 한 개의 축에 연결된 두 개의 수레바퀴처럼, 또는 양면으로 이루어진 동전처럼 하나의 실체를 구성하는 것이라 할 수 있다. 로렌스에게 죽음과 삶은 두 개의 극을 형성하여 대립적인 극성의 힘으로 서로를 끌어안고 대칭과 균형을 이룬다. 이처럼 죽음과 삶은 분리될 수 없다는 인식을 가진 로렌스는 인간존재의 근원적인 '삶과 죽음'의 문제에 대해 일찍부터 철학자의 마음으로 지속적인 탐구를 했다.

삶에서 죽음으로 이동하는 과정을 탐구한 「산속의 십자가」에서 작가는 알프스 계곡지대에 속해있는 독일의 바바리아Bavaria 지역과 오스트리아의 접경지역인 티롤Tyrol을 통과하면서 여러 다양한 그리스도의 십자가상들을 보게 되는데 이때 느껴지는 감정과 생각들을 예리한 통찰력으로 표현하고 있다. 이 지대는 하늘에 맞닿은 산 위에 눈이 쌓여있고 얼음과 눈이 흰빛을 퍼뜨리며 생명의 부정을 암시하는 것처럼 느껴진다. 흰빛은 죽음의 빛깔이다. 작가에게 이러한 산의 꼭대기 지대는 죽음, 달리 말해 비존재not-being의 암시처럼 느껴지고, 산 아래의 사람들이 살아가는 지상의 지대는 생명, 즉 존재being의 암시처럼 느껴진다(12). 이처럼 이곳 알프스 지역은 인간이 지상의 생명세계로부터 산 위쪽의 죽음 세계로 영속적으로 이동하는 과정에 있는 양극성 구조가 되어있다. 이와 같은 생명의 진행방향은 회귀적, 순환적인 운동이 아니라 죽음을 향한 직선운동임을 강렬하게 부각시킨다. 그래서 작가에게 "모든 것은 한 번의 한정된 존재"(All is, once and for all)처럼 느껴진다(13). 이 지역에서는 죽음에 이어질 수 있는 희망에 찬 부활의 메시지는 부재한다. 이곳에서 십자가에 못 박혀 죽어가는 예수의 상은 고지대의 영원한 흰빛 지대, 즉 죽음을 암시하는 얼음과 눈에 연결된다. 여기서는 로렌스의 세계관에서 중심이 되는 순환적 생명의 이미지가 일시적으로 중지되어 "탄생-성장-죽음-부활이라는 순환구조"가 중지되어버린다.6) 이 글에는 로렌스 특유의 '지령'(the spirit of place)에 입각한 사고와 이원론 철

---

6) 생명의 순환구조에 대해서는 서명수, 「로렌스의 『채털리 부인의 연인』에 나타난 숲과 자궁의 상관성」, 『문학과 종교』 제17권 1호 (2012): 70을 참조하라.

학, 존재의 양극성 이론theory of polarity이 잘 나타나 있다. '지령'에 대해서는 로렌스가 『미국 고전문학 연구』(Studies in Classic American Literature)의 제1장, 「지령」("The Spirit of Place")에서 각 대륙과 장소마다 고유한 지령이 있다고 피력한 바 있다. 「산속의 십자가」에서 알프스 산악지대를 여행하고 있었던 로렌스는 이 지역의 구조와 처참하게 죽어가고 있는 십자가의 그리스도를 서로 연관시켜 삶과 죽음에 관한 철학적이고 형이상학적인 명상을 한다.

알프스 산속의 각 지역을 지나갈 때 골짜기의 도로 옆에 세워진 십자가의 그리스도는 결박되고 못 박힌 채 황금색 가시관을 쓰고 얼굴과 사지에 피를 흘리는 비참한 모습을 하고 있다. 그는 삶(존재)과 죽음(비존재)의 경계를 왕래하면서 자기의 '되돌릴 수 없는 운명'(irrevocable fate)과 '부정할 수 없는 존재'(undeniable being)에 대한 인식을 확인한다(13). 십자가에 못이 박혀 고통을 겪으면서 고뇌하다 죽어가는 그리스도는 자신도 풀어내지 못하는 삶과 죽음에 관한 불가사의를 탐색한다. 작가는 생명과 죽음에 대한 존재론적 의문 속에서 궁극적 비밀을 풀어보고자 하는 그리스도의 마음을 느낀다. 작가가 알프스 계곡을 따라 산속을 지나갈 때 하늘은 창백하고 얼음과 눈으로 덮인 산위의 흰빛은 이 세상을 비실체로 느껴지게 하며, 어둠 속의 우울한 흰빛은 죽음의 느낌으로 무겁게 짓누른다(10). 그리스도의 죽어가는 몸에 대한 작가 로렌스의 명상을 보면 작가와 그리스도는 이 시점에서 서로 다른 몸이 아니라한 몸이 된 상태라고 할 수 있다. 예수 그리스도가 십자가에서 육체의 극한적 고통을 감내하면서 피 흘리며 죽어갈 때 예수의 몸은 작가 자신의 몸과 하나인 것이다. 이런 상태는 예수의 몸에 관한 일종의 명상이라 할 수 있다. 심리적으로 볼 때 작가에게 공감을 넘어선 동일시 수준의 감정이입이 깊은 수준에서 일어나고 있다. 잠시 예수의 몸에 관한 명상의 사례를 살펴본다면, 이러한 명상은 중세의 종교적 여성들에게서 많이 나타났다고 한다. 그러한 여성들은 예수의 몸을 여성의 몸과 동일시하였으며 여성으로서의 예수와 자기 자신을 일치시켜 성자 예수의 몸을 내면적으로 명상했다고 한다.[7]

작가가 알프스 계곡의 여러 지역과 마을을 지나갈 때 십자가에서 죽어가는 그리스도의 모습들은 각 지방의 조각가들에 따라서 차이가 있기는 하다. 하지만 한 청년의 정열적인 '육체,' 로렌스 방식의 표현으로는 '피와 살'의 해체로부터 선정적이고 관능적인 감각들이 분출한다. 여기에는 인간적인 고통과 치욕감이 주이상스적인 희열과 뒤섞인다. 작가는 이 지점에서 기독교의 정통적 교리에 따른 십자가의 죽음에 관한 설교, 즉 인간의 모든 죄를 대신 짊어지고 속죄양으로 죽어가는 구세주로서의 예수에 대한 구원의 이념에 관심을 두지 않는다. 그 대신에 청년의 육체가 해체되는 데 따라 분출되는 원초적인 감각들에 관심을 두고 그것에 수반된 선정적이고 관능적인 반응을 묘사한다.

바바리아 고산지방의 사람들은 예술, 음악, 무용, 제의, 종교, 생활 등에서 일어나는 그들의 표정에 "육체적인 열기의 충만"(suffusion of physical heat)과 "피의 몸짓"(gesture of blood)이 깃들어있다. 그리고

---

7) 윤민우, 「여성의 몸 · 여성의 주체성 - 중세여성 명상가와 여성으로서의 예수」, 『영어영문학』 56.4 (2010): 639-62를 참조하라.

"신비로운 관능적 희열"(mystic sensual delight)이 극pole을 따라 움직이는 모습을 보인다(12). 작가는 이러한 삶이 예수의 십자가에 그대로 옮겨졌다고 본다. "그것은 십자가상들에서 명백하게 나타나있다. 나무 조각에 그 본질이 새겨져 있다"(It is plain in the crucifixes. Here is the essence rendered in sculpture of wood.)고 말한다(13). 지상에서 섬세하게 놀이를 할 때 "피의 뜨거운 분출"(the hot jet of the blood)과 "인간의 노동과 황홀"(the labor and the ecstasy of man)이 그들에게 있으며, "대지에서 피어나는 희고 푸른 풍성한 꽃들의 개화"(the prolific blue-and-white flowering of the earth)와 같은 삶의 생명력이 마침내 십자가에 결박되고 못 박혀서 산 위의 차가운 눈과 얼음의 지대, 즉 흰빛의 죽음의 세계로 이행한다고 여겨진다(12). 십자가에 결박되고 못 박힌 청년인 그리스도의 몸과 얼굴에는 이 지역에서 살아가는 농부들의 생명적 희열의 체험이 배어있고, 육체의 파괴와 해체로부터 발생하는 극한의 아픔과 고통이 반사되어있다. 이러한 그리스도의 십자가상은 라캉이 말하는 주이상스와 매우 부합한다. 희열과 고통이 공존하는 양가적인 감정뿐만 아니라 경이로운 종교성과 에로틱한 관능성이 혼합된 심리적 양상의 표현은 주이상스의 전형을 보는 듯하다.

이정호는 저서 『주이상스의 텍스트: 미국문학 새로 읽기』의 서문에서, 미국문학에서 선별한 대표적인 주이상스의 텍스트들을 통해서 어떻게 쓰이는 텍스트가 주이상스의 텍스트가 되는가를 살펴보고자 한다고 밝혔다. 주이상스가 인간의 고통스러운 현실경험에 기초하고 있는 한, 그리고 하이데거가 지적한 것처럼 인간이 죽음을 향해 나아가고 있는 존재인 한, 이러한 인간의 고통은 주이상스의 근원이 될 수도 있다고 말한다(7). 예컨대 신비주의자의 법열에서부터 연쇄 살인자의 성도착적 범행에 이르기까지 주위에서 많은 주이상스의 텍스트를 발견할 수 있다는 것이다. 이와 같은 맥락에서 보면 로렌스의 「산속의 십자가」는 예수 그리스도의 육체적 죽음의 과정에서 일어나는 전형적인 주이상스의 텍스트라고 할 수 있다.

「산속의 십자가」에서 한 마리의 말이 짐을 실은 마차를 끌고 산길을 따라 올라갈 때 마부인 농부의 모습을 묘사한 장면에서 농부는 십자가의 그리스도를 차마 눈으로 쳐다보지도 못하고 시선을 돌려버린다. 하지만 그래도 모자를 벗고 고개를 숙여 '죽음의 신'인 그리스도에게 매료되어 경배한다. '죽음의 화신'(Death incarnate)이 된 그리스도는 극한적인 죽음의 공포를 농부의 몸속에 깊숙이 새긴다. 이 지점에서 예수 그리스도는 다른 어떤 존재와도 비교할 수 없는 "지고한 죽음의 신"(deathly Christ as supreme Lord, 16)이다. 그리스도에게 구현된 거룩한 죽음의 힘을 압도할 수 있는 것은 아무 것도 없다. 이 농부에게는 공포와 경배, 아픔과 고통, 에로틱한 관능과 고통에의 순종 등과 같은 감각의 양가적인 체험들이 동시적으로 일어난다. 지고한 죽음의 화신인 그리스도는 극도의 두려움과 공포의 감정을 주지만 그의 위대성은 농부를 유혹하고 경배하도록 이끌고 만다. 여기서 농부는 심리적으로 보면 그리스도와 마찬가지로 주이상스의 주체가 된다고 하겠다.

이 산악의 농부는 공포에다 죽음, 육체적 죽음의 맷돌 위에 갈려서 부서지고 있는 것처럼 보인다. 그 이상은 그는 아무 것도 모른다. 그의 최상의 감각은 육체적 고통에 그리고 그 고통의 정점에 있다. 그의 최고점, 그의 극치는 죽음이다. 그래서 그는 죽음을 경배하고, 죽음 앞에 엎드리며, 항상 죽음에 매력을 느낀다. 죽음은 그의 충족이며, 또한 그가 죽음에 접근하는 것은 육체적 고통을 통해서이다.

The mountain peasant seems grounded upon fear, the fear of death, of physical death. Beyond this he knows nothing. His supreme sensation is in physical pain, and in its culmination. His great climax, his consummation, is death. Therefore he worships it, bows down before it, and is fascinated by it all the while. It is his fulfillment, death, and his approach to fulfillment is through physical pain. (16)

라캉의 정신분석학에 의하면, 죽음은 주체의 삶에서 근원이 된다. 그런 삶이란 죽음이 단지 위험을 표상할 뿐인 자아의 상상적 삶이 아니라 욕망이 추구하는 그런 삶이다(벤베누토 & 케네디, 212). 죽음이란 욕망의 저편에 있는 금지된 것이기 때문에 주이상스의 등가물이다. 무의식은 말하는 존재에게 금지된 것, 즉 주이상스와 죽음을 표현해 보려고 애쓴다. 로렌스가 묘사하는 십자가에서 죽어가는 그리스도를 바라보는 농부의 심리에는 삶의 욕망과 함께 죽음의 욕망이 결합된 주이상스가 내포되어 있음을 알 수 있다. 라캉은 프로이트가 욕망의 형태를 성적인 욕망과 죽음의 욕망 사이에 있는 이원적인 대조로서 제시한 것을 충족과 고통의 매듭이라는 이율배반적인 형태로 제시했다(글로윈스키 외, 133). 그래서 라캉에게 충족은 곧 강력한 고통이라는 상반되는 감정을 동반한다. 주체에게 일어나는 죽음의 욕망에는 고통 가운데서도 희열이 있는 것이다. 예수 그리스도가 십자가에서 죽음을 당하는 모습을 묘사한 로렌스의 글에는 십자가의 그리스도에게도 그리고 그것을 바라보는 농부에게도 이러한 양가성의 주이상스가 작동하고 있음을 볼 수 있다. 피와 살로 이루어진 그리스도의 육체가 해체되는 고통과 고뇌에 대한 묘사는 로렌스의 다른 에세이, 「티롤의 그리스도상」("Christs in the Tirol")(*Phoenix*, 82-86)에서도 비슷하게 나타난다. 이러한 그리스도의 십자가에서 고통과 희열 속에서 피와 살의 뜨거운 열기와 관능적인 선정성이 동시적으로 결합되어 있는 것은 이율배반적이고 역설적인 죽음의 희열이라고 말할 수 있다. 프로이트는 죽음 본능의 이드와 삶 본능의 이드, 성 본능의 이드는 동시적으로 공존한다고 말했다. 프로이트를 수용한 라캉은 이러한 현상을 '충족'과 '고통'의 복합이라는 주이상스 개념으로 제시했다. 「산속의 십자가」에 묘사된 예수 그리스도의 모습에는 프로이트의 이드에 기초한 세 가지 본능의 개념뿐만 아니라 충족과 고통에 기초한 라캉의 주이상스 개념이 잘 투영되어 있다.

인간은 죽음이 임박한 생명의 마지막 순간에 본능적 차원에서 고통과 희열이 동시적으로 공존하는 심리상태인 주이상스를 체험하는 몸(주체)이 된다. 로렌스는 고통스러운 폐결핵을 심하게 앓고 있었기 때문에 늘 임박해 있는 죽음의 존재를 자신의 예민한 피와 살에서 느꼈을 것으로 짐작된다. 영과 육을 바라보는 로렌스의 시각은 존재론적 차원에서 영혼을 육체보다 훨씬 중요하게 여기는 정통 기독교와는 달랐다. 그는 영에 비해 육을 가볍게 보거나 무시하려고 하지 않았고 오히려 더욱 중요시하였으며 육을 더욱 본질적인 실체로 인식하였다. 육이 없는 영이 없다는 것이 로렌스의 기본적인 논리이다. 패니카스Panichas에 의하면 로렌스가 강조한 기독교를 위한 교회의 주된 과업은 "육체 안에서의 부활"(resurrection in the flesh)을 가르쳐야 한다는 것과, 미사에는 부활의 기쁨으로 나타나는 신비를 더해야 하며, 어디까지나 "부활한 인간"(The Risen Man)으로서의 신적 개념을 가르쳐야 한다는 것이라고 지적한다. 패니카스는 로렌스가 종교적 인간임을 강조하면서 다음과 같은 로렌스의 글을 인용한다. "기본적으로 나는 정열적인 종교적 인간이다. 나의 소설들은 분명히 나의 종교적 경험들의 깊은 곳으로부터 쓰인 것이다" (126). 로렌스는 인간적 생명의 잠재성을 보여주기 위해서 자신의 예술적 노력들 가운데서 자주 그리스도의 상징을 사용했다. 하지만 로렌스는 정통기독교에서 주장하는 영성 우위론을 반박하고 독특한 육과 살의 종교를 주장하는데 이런 종교관은 다른 에세이 「부활한 신」("The Risen Lord")에도 피력되어 있다. 이 글에서 그는 육체로 부활한 그리스도의 이미지를 완전한 이미지로 수용해야 한다고 역설하고, 신약성서에서 도마Thomas는 죽음으로부터 부활한 예수가 단지 영으로서가 아니라 육체 가운데서 부활했음을 분명히 알았다고 말한다(*Phoenix II*, 574). 인간존재를 피와 살로서, 즉 살아있는 육체로서 온전하게 수용할 때 십자가에서 고통스럽게 피를 흘리며 죽어가는 예수 그리스도에게서 주이상스적 주체로서의 실체적 모습을 볼 수 있다고 하겠다.

3 ▌「말을 타고 떠난 여인」: 인신공희와 주이상스

이 단편소설의 여주인공(백인 여성)은 인디언 족의 오지 마을로 찾아가서 인디언 족의 태양신에게 자신의 몸을 반쯤은 스스로 제물로 바친다. 그녀는 작품의 처음부터 끝 부분에 이를 때까지 줄곧 자신의 죽음을 감지하면서도 미지의 '대타자'라고 할 수 있는 인디언 족의 신에게 강렬하게 이끌리게 하는 어떤 유혹의 힘과 희열의 욕망을 멈추지 못한다. 백인 여주인공이 상관하는 인디언들은 모두 남자들인데 여주인공과 그들 사이에는 묘한 성적 욕망이 충동괴 억압의 상반된 힘으로 작용한나. 이런 상반된 힘은 인력attractive power와 척력repulsive power이라고 할 수 있는데 로렌스 문학에서 핵심적 요소가 되는 것이다.

작품이 시작될 때 여주인공의 집 마당에서는 젊은 방문객들 사이에 인디언들에 대한 호기심을 나타내면서 각자 나름대로 알고 있는 정보를 주고받는 대화가 계속되고 찬반논쟁이 벌어지는 장면이 등장한다. 인디언들의 야만적인 일상생활, 관습이나 종교, 활과 화살만을 사용하는 방식, 꽃을 단 묘한 모자의 착용, 추울 때조차도 셔츠 외에는 벌거벗고 사는 습관, 저급하고 비위생적이며, 얼마쯤은 교활한 재주를 부려서 먹거리를 찾느라고 허겁지겁하는 생활방식 등이다. 이런 내용뿐만 아니라 인디언들은 옛 종교와 신비를 견지하고 있고 있으므로 멋들어진 것이 있을 것이라거나, 그게 아니고 꽥꽥 소리치며 우상숭배를 하는 야만인이라고 주장하는 등과 같은 각자 나름의 견해를 피력한다. 여주인공은 내심에서 이러한 대화를 깊은 호기심을 가지고 엿 듣는다. 이러한 장면에는 로렌스가 원시고대 문화에 대한 지식과 정보에 있어서 그리고 고고학이나 문화인류학과 같은 학문에 대해서 얼마나 풍부하고 큰 관심을 가졌는지가 반영되어있다. 이 점에 대해서는 로렌스 학자들에 의해서 자세하게 소개되고 있다. 아메리카 인디언에 대해서 특별히 열광하는 여주인공의 마음속에 이러한 대화는 충분한 반응을 불러일으키게 된다. 그래서 소녀들보다도 더욱 비현실적인 "어리석은 로맨티시즘"(a foolish romanticism)에 압도당한다(549). 그녀는 남편에게 지금도 정주의 터전이 없이 떠돌이 생활을 계속하는 나바호 족Navajos에 흡사한 유랑종족과, 소노라 주의 야키 족Yaquis, 티와와 주의 여러 골짜기에 사는 여러 집단 등에 관한 것을 묻는다. 남방 고지의 골짜기에 사는 칠추이Chilchuis라고 하는 종족은 모든 아메리카 인디언 중에서 가장 신성한 종족으로 여겨지며, 아직도 그들 중에는 몬테즈마Montezuma라든가 고대 아즈테크Aztec 또는 토토나크Totonac 왕의 주변 자손들이 존재하고 있고, 늙은 승려들이 옛 종교를 유지하면서 인신을 봉헌하는 의식이 행해지고 있다는 말을 듣게 된다(554-55).

아메리카 인디언들에 대해 여러 가지로 신비롭고 놀랄 만한 얘기를 들은 여주인공은 이 세상과 인연을 끊어버리고 산속에서 살아가는 인디언들의 비경을 찾아가는 것이 마치 자신의 '운명'(destiny)인 것처럼 느낀다(549). 그녀의 마음에는 고대의 신비한 야만인에 대해서 알고 싶은 강렬한 흥분이 일어나고 그러한 비경을 찾아가고 싶은 운명적 욕망을 느끼는 것은 그녀가 주이상스적 주체가 되었음을 뜻한다. 여주인공처럼 마음속에서 일어나는 욕망이나 동경은 인간의 무의식에 깊이 자리를 박고 있는 원초적이고 근원적인 것이다. 이런 인간의 내면적 욕망은 서동욱의 견해를 따라 설명한다면 '무의식 안에서 추구되는 대상'이며 라캉이 '대상 a'라 칭한 것이라 할 수 있다.[8] 한국의 음악가 전인권은 예술가에게는 무의식 속에 어떤 대상이 있어서 쾌감이 되어 그것을 끝없이 찾게 만든다고 말한 바 있다. 예를 들면 음악과 미술 분야에서 전문적인 직업인으로 생활하는 예술가들은 다른 사람이 뭐라고 말하던 관계없이 내면적 자아가 지향하는 그러한 쾌감을 '끝없이' 찾으며 오직 거기에 충실하다. 완전하게 도달할 수 없는데도 불구하고 도달과 상관없이 계속 나아가게 된다는 것이다.[9] 이러한 심리상태는 로렌스의 백인 여주인공에서도 동일하나. 인니언들과 그들이 신봉하는 신은 라캉의 표현을 빌리면, 주이상스적인 '대상 a'인 것이다. 인간 내면의 무의식적 욕망은 항상 쾌락을 향해 나아가면서도 채워지지 않는, 그래서 충족이 불가능한 어떤 빈자리, 즉 공점point of lack이 늘 남아있다. 이것이 주이상스의 '결핍'이며 '여분의 잉여'라는 것이다(김상환, 홍준기, 590-91). 로렌스의 「말을 타고 떠난 여인」에서 백인 여주인공은 이와 같은 내적 욕망을 '운명'과 같은 것이라고 고백했다.

　　로렌스의 여주인공은 무의식의 층위에서 계속 들려오는 운명과 같은 욕망에 순응하면서 말을 타고 골짜기와 산과 언덕을 넘고 또 넘어

---

8) 서동욱은 서강대 정신의학 및 철학 전공 교수다. Green Island DOKDO 2013. 2. 28: 9를 참조하라.
9) 엄보운, 「上H섹션 인터뷰」, 『조선일보』, 2014. 1. 11-12: B2를 참조하라.

서 인디언 오지 마을로 들어간다. 표범이 울부짖는 포효와 개가 짖는 소리를 듣지만 기묘하게도 무섭다는 생각이 들지 않고 의기양양한 생각이 불끈불끈 가슴 속에서 밀고 올라와 두려움을 참고 버티게 된다. 그러나 그녀에게는 마냥 쾌락의 감정이 함께 하는 것은 아니다. 그녀를 매혹시켰던 인디언들은 두려움과 공포의 감정을 넌지시 불러일으키고 무의식에서는 죽음의 이미지가 자꾸만 일어난다. 이런 감정은 그들과 동행하여 길을 가는 동안 산속의 불가사의하고 신비한 자연환경과 더불어서 반복된다(552). 작가는 단정적으로 표현하지는 않지만 결정적인 듯이 뭔가를 넌지시 알리는 기묘한 표현법을 사용하면서 작품의 서사를 이어나간다.

그녀는 길을 가다가 도중에 야영을 하게 된다. 그때 그녀는 새벽 직전에는 매우 추워서 담요를 두르고 누워서 별을 바라보며, 말이 몸을 떠는 것에 귀를 기울인다. 이때 그녀는 마치 죽어버린 다른 세계 속에 들어간 기분이 된다. "그녀는 밤중에 어쩐지 자기의 중심 속에서 뭉개져 버리는 커다란 소리를 들은 것 같다는 생각을 했다. 그것은 그녀 자신의 죽음이 파괴되는 소리였다. 그렇지 않다면 지구의 중심이 파괴되는 소리로서 무언가 커다란 신비로운 의미를 갖고 있었다."(She was not sure that she had not heard, during the night, a great crash at the centre of herself, which was the crash of her own death. Or else it was a crash at the centre of the earth, and meant something big and mysterious, 552). 여주인공은 안내하는 세 명의 인디언들로부터 혐오감과 죽음의 감정을 여러 번 느끼지만 여전히 기묘하고 알 수 없는 매력과 비밀을 가

진 존재들로 느껴진다. 이러한 인디언들은 라캉의 견해를 빌려 설명한
다면 주이상스적인 대상 a 또는 주이상스적인 타자이다. 이처럼 극도의
두려움과 공포의 감정을 느끼면서도 그녀는 인디언 족의 신(태양신)에
대한 동경과 유혹을 멈추지 못하고 죽음이 기다리는 인디언 마을을 향
해 발길을 계속 옮겨간다. 공포와 고통 가운데서도 쾌락적인 유혹에 강
하게 이끌리게 되는 이러한 감정은 양가적이다. 여주인공의 이런 감정
이 일상적인 수준을 넘어서 극에 이르게 된다는 점에서 그녀는 라캉이
말하는 주이상스적 주체가 되었다고 하겠다. 그녀의 마음은 분석적 차
원을 초월하여 무의식적인 경험의 차원에 놓여있다. 라캉은 이러한 심
리적 상태를 충족되지 않은 '잉여-향락(주이상스)'이라고 말한다(나지오,
68-69).

정신분석학 분야의 '주체란 과연 무엇인가'라는 문제에서 브루스
핑크Bruce Fink의 설명에 의하면, 주체란 프로이트가 말한 이드, 즉 충동
이 자리를 잡은 위치라는 것이다(핑크, 356-57 참조). 프로이트가 말한
충동은 적어도 처음에는 아직 통제되지 않고 교화되지 않은 비사회적인
것이다. 그래서 어떤 것에도 구애받지 않고 오직 자신의 길만을 추구한
다. 충동은 금지에 아랑곳 하지 않으며, 금지라는 말을 모르기 때문에
금지를 위반한다는 것 또한 생각할 수 없다. 충동은 제 마음대로 추구하
며 늘 만족을 얻지만 이에 반해 욕망은 자신을 짓누른다고 본다. 다시
말해 라캉은 충동과 욕망을 구별한다. 그러나 라캉에게 본질적인 것이
란 욕망이 아니라 주이상스를 생산하는, 즉 상실된 대상과 결부된 충동
이다. 로렌스 작품의 백인 여주인공이 바로 이와 같은 심리적 상태에 놓

여있다. 그녀는 칠추이 원주민들을 찾아가는 여행의 과정에서 안내하는 인디언들에게 경탄의 감정을 나타내면서도 말의 안장에 오르게 될 때 죽을 것 같은 느낌을 또다시 가지게 되는데 이런 상황이 반복된다. 그러면 그녀는 "극도의 노여움"(supreme anger)과 함께 "섬세한 광희의 전율"(a slight thrill of exultation)을 느낀다(556). 그러면서도 인디언 족의 신을 찾아가는 발길은 멈추지 않고 계속된다. 그녀의 인디언 족의 신을 향한 쾌락적 욕망은 충족될 수 없는 위상을 가진다. 백인 여주인공에게 인디언의 신은 신화적 차원을 가지기 때문에 '대타자'인 것이다. 이러한 대타자의 향락(주이상스)이 그녀에게 무의식의 차원에서 일어난다. 그녀에게 현실의 자기는 오히려 허상이며 인디언 족의 신이야말로 근원적이고 원초적인 실존으로 느껴진다. 박시성에 의하면 라캉의 정신분석학적 관점에서 볼 때 '자신'이라는 이미지는 실제로는 타인으로부터 전이된 것이다. 마치 거울 이미지와 같은 이미지를 자신이라고 인지한다는 것이다.[10]

마침내 백인 여주인공은 산속의 오지에 있는 인디언 마을에 도착한다. 안내를 받아서 만나는 늙은 추장은 백발이 길게 늘어진 채 얼굴과 눈이 새까맣고 유리와 같으며, 망령처럼 아득하게 보인다. 도무지 이승의 사람 같지 않은 맹렬한 눈초리가 그녀를 바라본다. 추장은 그녀가 백인의 집을 떠난 이유는 무엇이며, 백인의 신을 인디언 족에게 가져오고 싶다는 것인지 묻는다. 그녀는 백인의 신에게 싫증이 났으며 백인의 신

---

10) 박시성, 「문화 키워드 '4. 가짜와 복제 혹은 모방'」, 『부산일보』, 2013 1. 23을 참조하라.

으로부터 도망쳐서 인디언의 신을 찾으려고 왔다고 대답한다. 추장이 칠추이 족의 신에게 마음을 바치겠느냐고 물었을 때 그녀가 그렇다고 자동적인 마음으로 말해버린다. 그러자 인디언들 사이에는 "승리와 환희의 이상야릇한 흥분"(an extraordinary thrill of triumph and exultance)이 흐르며 그들의 눈 속에는 남모르는 날카로운 의도가 번뜩인다. 그런데 그들의 표정에는 "관능적이거나 정욕적인"(sensual and sexual) 것이 전혀 들어있지 않고 "두려운 번쩍이는 청정성"(a terrible glittering purity)이 들어있다. 그래서 그녀는 당황한다. 그러자 곧 내부에서 무엇인가가 죽고 "싸늘하고 응시적인 경이"(a cold, watchful wonder)가 남는다 (560). 이런 장면은 백인 여인이 인디언 남성들로부터 무의식적으로 기대하는 어떤 관능과 성욕이 그녀의 자아 내부에 억압되어 있음을 암시한다. 하지만 이런 억압된 욕망은 무의식의 차원에서는 강렬하지만 충족되어지지 않은 채 '결핍' 상태가 되어 그녀는 주이상스적 육체(주체)가 되어버린다. 계속 이어지는 장면을 보면 그녀가 대면하고 말을 걸어보는 모든 남자 인디언들이 수수께끼와 같고 신비한 비밀과 불가사의로 가득한 존재들로 느껴진다. 작품의 서두에서 언명되었던 백인 여주인공이 품었던 인디언들과 그들의 신에 대한 소녀와도 같은 낭만주의는 점점 충족되지 않고 미지의 세계를 향해 연장되고 유보된다. 이와 같은 연장과 유보는 주이상스적 육체를 더욱 고조시킨다. 인디언들에게 더욱더 압도당하는 그녀에게는 성스러움과 외경으로 신을 향한 종교성과 억압된 성적 욕동/관능성이 교묘하게 결합된 듯하다. 이런 점에서 그녀는 라캉이 말하는 주이상스적 주체로서의 여성임이 나타난다고 하겠다. 이제 백인 여인은 눈에 보이지 않는 관념세계의 이데아를 찾는 애지적인 포로가 되었다. 그녀와 인디언들 사이에 벌어지는 사건과 상황은 독자를 숨죽이게 하고 텍스트를 읽는 행위를 포기하지 못하도록 중독에 빠지게 한다. 이러한 작품의 진행은 지속적인 연장과 유보의 장치에 의해 독자마저도 주이상스의 주체로 전환시켜버린다.

인디언들은 백인 여인을 제물로 바치기로 결정하고 늙은 추장의 거처로 데리고 가서 새 옷으로 갈아입히는 의례를 진행한다. 그러나 백인 여인은 이러한 사태를 명확하게 파악하지 못한다(563-64). 그녀에게 두 남자가 느닷없이 다가와서 서있는 그녀의 팔을 부드러우면서도 억센 힘으로 붙잡으며, 다른 두 명의 노인이 다가와서 그녀가 착용한 장화와 옷을 예리한 칼로 잘라서 벗긴다. 그리고 머리에서 핀과 빗을 빼내서 머리칼이 어깨 위에 흘러내려진다. 알몸이 된 채로 그녀를 늙은 추장 앞으로 다가서게 하자 추장은 입에다 손가락을 적셔서 유방과 몸, 등을 재치 있게 만지는데 손가락 끝이 살갗을 스칠 때마다 마치 죽음 자체가 그녀를 건드리는 것 같다. 그런데 그녀의 이런 모습을 보고도 그들 중 누구도 부끄럽게 느끼지 않는 것을 그녀는 의아해한다(564). 나이가 든 남자들은 모두가 어두운 모습이었고 "무엇인가 색다른 깊숙하고 음산하며 이해할 수 없는 감정으로 긴장하고 있었기"(tense with some other deep, gloomy, incomprehensible emotion) 때문에 그녀의 "모든 흥분을 억제시키지만"(suspended all her agitation), 옆에 서있던 젊은 인디언은 얼굴에 "기묘하게 황홀한 표정"(a strange look of ecstasy)을 보인다. 이때 그녀는 "마치 자기의 몸이 자기의 것이 아닌 것처럼 오직 신비로워지며 자아를 초월한 것처럼"(only utterly strange and beyond herself, as if her body were not her own, 564) 느낀다. 백인 여인의 이런 흥분, 황홀, 전율과 같은 심리는 그녀에게 내면적으로 성적 흥분과 욕망이 억압되어 있음을 암시한다. 이와 같은 심리는 라캉의 견해에 따라 이해한다면 뭔가의 충족되지 않은 공점, 결핍, 여분, 잉여가 남아있는 주이상스적 상태인 것이다. 그러나 인신공희의 집행을 앞두고 준비단계의 의식을 거쳐서 마지막으로 백인 여인이 제물로서 봉헌될 준비된 장소로 운반되고 최후를 맞을 시점에 이를 때까지 그런 과정에는 주이상스적 심리상태가 끝이 없는 의식의 극지를 향해 영원히 계속되는 구조를 보인다.

어느 날 어느 인디언은 백인 여인에게 말하기를, 만약 백인 여자가 자기들에게 제물로 바쳐진다면 자기들의 신은 새롭게 세계를 창조하기 시작하고 백인의 신들은 가루가 되어 부스러져 땅에 떨어지게 될 것이라고 한다. 백인의 신들을 희생시켜서 인디언들의 신에게 돌아오도록 제물을 바친다면 그렇게 될 수 있다는 것이다. 이런 말을 듣는 그녀의 마음은 안정을 잃고 공포와 확신이 얼음처럼 심장을 때린다(571). 이렇게 하여 인신제물 공희를 위한 준비의식이 거행된다. 광란의 디오니소스적인 카니발리즘 축제인 '오르기'(orgy)가 여러 날에 걸쳐 이어지고[11]

---

11) 메르치아 엘리아데Mercia Eliade는 고대원시인들의 인신공희와 광적 축제인 오르기 orgy에 대해 『종교형태론』(*Patterns in Comparative Religion*, 1996)에서 여러 민족들의 예를 자세하게 소개한다. 인신공희human sacrifice에 대해서는 341-47, '오르기'에 대해서는 356-61에서 참조할 수 있다. 로렌스는 위 단편소설에서 묘사되는 인디언의 춤과 의식을 기행문집 『멕시코의 아침』(*Mornings in Mexico*)에서, 그리고 춤과 인신제물 의식을 장편소설 『날개 달린 뱀』(*The Plumed Serpent*)에서 세밀하게 묘사한 바 있다. 문화인류학자 루스 베네딕트Ruth Benedict는 『문화의 패턴』에서 로렌스만큼 아메리카 인디언들의 의식과 춤을 예리하게 묘사한 사람은 없다고 언급한

인디언들은 남녀노소를 불문하고 모두가 디오니소스적인 광희에 휩쓸려 승리의 환영(비전)으로 야단법석이다. 환호성을 외치며 춤과 노래를 부르고 주문을 외운다. 그러면 억제되었던 인디언들의 내면적 힘과 불가사의한 잠재력이 발산되고 내면에 충전되었던 에너지가 폭발한다. 이러한 의식에 참여한 인디언들에게는 자기 종족의 신인 태양신에 대한 비전이 공중에 가득 찬 듯이 광분한다. 그러나 그들의 감정은 끝이 없는 극지를 향해 열려있고 결코 완전한 만족을 느끼지 못하고 계속해서 결핍과 공점을 채워나가야만 하는 상태이다. 카니발리즘적인 축제가 묘사되는 장면을 보면 점증하는 광희적 주이상스가 인디언들에게 어떻게 작동하는지를 느낄 수 있다. 이제 인디언들은 무한과 영원을 향해 나아가는 주이상스적 주체가 되고 이에 따라 새로운 존재론적 변화가 계속적으로 일어난다.

백인 여인이 제단 위의 불, 큰 북이 요란하게 울리는 소리, 심오하고 광적으로 노래하기 시작하는 남자들의 목소리, 광장에서 움직이는 군중들의 얼굴, 성스러운 무용수의 몸동작 등을 멍하게 느낄 때 눈앞에서 아른거리는 사물들은 마치 "비물질적인 그림자"(shadows almost immaterial)처럼 여겨진다. 이제 그녀의 "일상적인 개인의식"(ordinary personal consciousness)은 사라지고 마약을 마신 인간처럼 열정적인 "우주적 의식"(cosmic consciousness)의 상태로 접어든다. 인디언들은 "심대하게 종교적인 성격"(heavily religious nature)을 가지고 백인 여인을 자기

다. Ruth Benedict, *Patterns of Culture* (London: Routledge & Kegan Paul, 1961), 56-57을 참조하라.

들의 "환영"(vision)에 굴복시킨다(574). 그녀와 묻고 대답하였던 한 인디언의 말에 의하면 백인 여인은 죽어서 바람처럼 태양에 이르고 인디언은 그녀에게 문을 열어준다는 것이다. 그러면 인디언 여자들은 달에게 문을 열어주고 달은 흰 산양이 꽃밭 속으로 오듯이 인디언 여자들 속으로 내려오며, 태양은 소나무 숲으로 오는 솔개처럼 인디언 남자들에게 내려오기를 바란다는 것이다. 이렇게 하여 푸른 목장에는 비를 내리게 하고 검은 목장에는 비를 걷어 가며, 그들이 요구하게 되면 옥수수에게는 성장을 알리는 바람이 찾아주고, 봄날처럼 인디언들은 힘에 넘치게 된다고 말한다(575). 이와 같은 신화적인 의식에 몰입되어버린 상황에 따라 이제 백인 여주인공의 주이상스적인 희열은 그녀로부터 인디언들에게로 전이되는 것이다.

작품이 끝나려는 지점에 이를 때까지 신비한 원시적 의식이 수행되고 공희의 살해가 막 개시되려는 시점에서 인디언 승려들, 사제들, 인디언 군중들은 광적인 주이상스의 몸이 된다. 그러한 몸은 점차 더욱 거세어지며 계속해서 의식의 극점으로 향한다. 그들은 너무나도 "몰인격적이며"(impersonal), 그녀로서는 이해할 수 없는 무엇인가에 정신을 집중시키고 있다. 그 때문에 그들은 그녀를 결코 "개인적인 여자"(a personal woman, 577)로 보지 않는다. 백인 여인은 하늘을 바라보면서 "이제 나는 죽는구나, 죽고 있는 현재의 나로부터 머지않아 죽어 갈 미래의 나로 옮겨간다는 것에는 조금도 차이가 없어!"(I am dead already. What difference does it make, the transition from the dead I am to the dead I shall be, very soon!, 579)라고 생각을 할 때 그녀의 영혼은 아프고 파리해짐을 느낀다. 공희가 치러질 동굴의 절벽에는 바위로 된 제단이 마련되어 있고 그 위에 그녀가 운반된다. 신호가 전해지자 아래쪽에 모인 군중들의 춤은 그치고 쥐죽은 듯이 조용해진다. 약간의 음료를 그녀에게 마시게 한 후 두 승려는 그녀의 외투와 짧은 옷을 벗겨버리고 검은 얼굴을 한 다른 여러 승려들의 틈에서 그녀는 창백하게 세워진다. 그러자 저 아래의 군중들은 나지막하게 외치는 야성적인 소리를 지른다. 그리고 승려들은 몸을 기울인 채 돌아다니는데, 그때 그들의 "검은 눈" (black eye)은 "정열과 공포, 열망 속에 빛나면서"(with a glittering eagerness, and awe, and craving) 태양을 바라본다(581). 여기서 인디언들의 검은 눈은 태양과 동일시되는 일종의 상징성을 지닌다. 태양을 지켜보는 늙은 추장의 검은 눈은 시력이 없는 것 같으며 노을로 붉어진 태양에 대한 어떤 "두려운 응답"(terrible answer, 581)을 품고 있다. 정적 속에서 내려앉는 태양의 테두리를 바라보고 있던 모든 승려들의 눈이 번쩍이며 "거세고 사납게 흥분되어 있으며"(terribly anxious and fierce), 그들의 사나운 성질은 "신비적인 광희와 승리"(a mystic exultance, of triumph) 속에 뛰어들 태세이다(581). 검은 거울처럼 시력이 없는 것 같은, 검게 태양을 꿰뚫어보는 인디언 추장의 눈만이 평화롭지만 그 응시 속에는 강렬하면서도 무표정하고, 깊은 대지와 태양의 중심까지 꿰뚫는 힘이 담겨있다. 그는 꼼짝도 하지 않고 백인 여인이 눕혀있는 동굴 속의 얼음기둥에 태양이 비추기를 지켜본다. 이윽고 나이가 가장 많은 추장이 누여진 제물을 향해 칼을 쳐들고 찌르려고 한다. 작품은 다음과 같은 표현으로 끝을 맺는다.

심장을 칼로 찌르리라, 찌르리라. 제물을 바쳐서 힘을 얻으리라. 인간이 보존해야만 할, 종족으로부터 종족에게 넘겨 줄 그 지배권을 성취하리라.

The old man would strike, and strike home, accomplish the sacrifice and achieve the power. The mastery that man must hold, and that passes from race to race. (581)

이 지점에서 승리를 확신하면서 숨을 죽인 채 극도로 흥분되고 집중된 상태에 있었던 인디언들은 최고의 위치에 도달하는 주이상스적 주체가 된다.

그런데 놀랍게도, 한 의학적인 보고에서 정신신경증 환자가 '태양' 환상을 통해서 치유된 사례가 있었다고 한다. 메다드 보스Medard Boss는 자기애성의 신경증과 우울증을 겪는 한 환자에게서 정신분열증적 환각의 발생과 치유 경험의 사례를 소개한다(335-37). 로렌스의 「말을 타고 떠난 여인」에 묘사된 인디언 신화에 등장하는 '태양'은 이와 유사한 치유 효과를 인디언들에게 제공했을 것이다. 보스에 의하면 친구로부터 배신을 당한 어느 환자는 그에게 흥미로운 성적 상징물로서 태양이 나타났고 그 태양의 힘으로 치유되었다는 것이다. 태양의 힘은 환자의 실존을 너무나 압도적인 방식으로 사로잡았기 때문에 그의 성기까지 에워싸고 성적으로 흥분시켰으며 태양에게 환각적으로 강하게 이끌리게 만들었다(343). 그런 환각의 상징은 그를 배신하고 떠나버린 이전의 친구로부터 태양에게로 투사되었던 내면적인 동성애적 욕망인 것이며, 이것을 태양의 '태양성'(sun-quality)이라고 한다(343). 동성애적 욕망의 관계에서 신체의 성욕적 영역에 태양의 상징이 포함되는 것은 놀라운 일이 아니라고 본다. 태양은 모든 것을 말라 죽게 하고 전멸시키는 동시에 모든 생명력과 성장을 유지시키는 가장 강한 힘으로 작용한다. 오르가즘의 무의식적 상태에서 자율적인 실존을 나타내고 소멸시키는 한에 있어서 성성sexuality는 역시 태양과 같은 의미가 될 수 있는 것이다(344-45). 이런 치유의 힘은 로렌스 작품에 묘사된 지금까지 살펴보았던 인디언들의 장면에서도 유사한 것일 수 있다.

나지오Nasio에 의하면, 신화적인 세계관과 비전을 가진 고대 원시인의 경우 우주자연, 그리고 신의 무한성, 영원성, 절대성에 순종함으로써 경이, 두려움, 희열과 같은 감정의 지배에 놓이게 된다는 것이다. 이와 같은 심리적 상태가 대타자의 향락jouissance de l'Autre이라고 본다(53-58). 신화적인 모습으로 나타나는 주이상스는 욕망이 가장 잘 성취된 최고의 향락이다(53). 그것은 긴장의 최대화된 강화에 의해 성취되며 극단적이고 절대적인 모습이다. 대타자는 신이나 환상 속의 전능한 주체, 신화적인 인물 등과 같은 모습으로 나타난다(54). 이런 향락을 갈망하거나 두려워하는 사례는 어린아이들이나 문학작품의 등장인물들에서 흔히 찾아 볼 수 있다(58). 로렌스의 「말을 타고 떠난 여인」은 신화적 작품이다. 작품 속의 등장인물인 인디언들은 신화적 비전을 지니고 살아가는 원시적인 사람들이다. 백인 여주인공도 그들에게 동화과정을 거쳐서 그들과 거의 동일한 의식과 비전을 가진 상태가 되었다고 할 수 있고, 그들과 거의 동일한 주이상스적 주체로 환원되었다고 할 수 있다.

그녀는 실제로 백인의 자아를 버렸고 인디언 족의 자아와 하나가 되었다. 그러므로 인디언적 주체로의 자아전환이 이루어졌다고 할 수 있다.

나지오에 의하면 대상 a에 대한 잉여향락plus-de-jouissance은 심리체계 안에서 억류된 방출을 방해하면서 내적 긴장의 강도를 끊임없이 증가시킨다고 한다. 그래서 끊임없이 육체를 자극하고 항구적인 성적 자극의 상태로 유지시킨다(나지오, 52-54). 라캉의 정신분석학적 견해에 따라 「말을 타고 떠난 여인」에 나타난 주이상스를 작중인물들에게 적용해보면, 여주인공의 주이상스는 부분적으로 결여와 잉여의 상태로 되기도 하고, 타자의 남근적 주이상스에 의해 갇히기를 거부하기도 하며, 충족될 수 없는 영원과 무한으로 열려질 때도 있다(김상환, 홍준기, 590). 그녀에게 인디언 족과 그들의 신(태양신)은 공포, 두려움, 불안, 결여 등의 감정을 주지만 동시에 경외, 숭배, 거룩함, 신비, 불가사의, 복종 등의 감정을 유발한다. 말하자면 양가성의 감정에 매달려있는 주이상스적 주체가 된다. 그러나 인디언 남성들에게 백인 여주인공은 놀라운 쾌락적 충족을 주는 주이상스적 대상 a가 된다.

4 ▌ 주이상스의 주체로서의 작중인물

로렌스는 「산속의 십자가」와 「말을 타고 떠난 여인」에서 고통과 희열이 혼합된 주이상스적 주체로서의 인간의 몸을 탁월한 필치로 섬세하게 그렸다. 인간은 통상적인 경험 가운데서는 느낄 수 없는 주이상스를 죽음이 임박한 극적 계기를 통해서 체험할 수 있음을 보여준다. 로렌스 작품에 나타난 주이상스적 주체들에 대한 사례는 종교성과 성의 결합을 전형적인 특징으로 한다는 점에서 주목을 끈다. 거룩함과 경이로움, 황홀, 법열, 두려움, 공포의 감정이 종교에서뿐만 아니라 에로틱한 관능과 성에서도 나타난다고 하는 것은 매우 흥미로운 것이다. 성이 세속적인 차원을 넘어서 두렵고 성스럽고 경이로운 성의 차원으로 발전할 때, 이때의 성적 주이상스는 로렌스 문학처럼 본성적으로 종교의 영역에 속할 수 있다. 종교에 성이 결합되어 나타나는 다양한 형태를 제프리 파린더 Geoffrey Parrinder는 『세계 종교에 나타난 성』(*Sex in the World's Religions*)에서 밝힌 바 있다. 파린더에 의하면 종교와 성은 둘 다 태고시대부터 인간의 끊임없는 관심거리가 되어왔다. 여러 나라의 종교들은 성에 대해서 지극히 적은 관심밖에는 보이지 않고 소극적이고 부정적인 입장을 취하는데 기독교, 불교, 이슬람교, 유대교와 같은 종교들이 그러하다. 하지만 인도의 힌두교와 아프리카의 남근주의와 풍요신의 사례에서 나타나는 입문의식처럼 적극적이고 창조적인 태도를 보이는 종교들도 있다. 특히 인도의 힌두교는 성을 성스럽게 여겼고 우주적인 에너지의 흐름으로 생각하여 예술과 의식ritual에서, 그리고 요가와 탄트라의 형식을 통해서 자유롭고 풍성하게 표현하였다. 이와 같은 맥락에서 인도인의 신비주의적인 종교관과 '거룩한 성'(sacred sex)의 관념은 정신적인 것과 육체적인 것, 영원한 것과 순간적인 것으로 대조시켜 상반된 영역으로 보지 않는다. 다시 말해 남녀 사이의 성은 물질적, 육체적 차원을 넘어서 영적, 종교적 차원이 되는 것이다.

서동욱이 설명하는 라캉론에 의하면, 주체는 타자의 질서인 상징적 질서 또는 문화적 질서 안에서 욕망을 길들이는 것이 관건이 아니라

"문화를 통해 교화되지 않고 제어할 수 없는 충동의 즐거움"(9)을 충족시켜야 하며, 그렇게 하는 것이 정신분석학의 사명이 된다는 것이다. 그러한 즐거움(주이상스)은 "질서 속에서 누리는 통상적 즐거움 이상의 '전복성'을 지닌 보물일지도 모르며, 마치 사마귀가 성교 도중에 잡아먹히면서 머리가 사라지는 쾌감과 같은 것일지도 모른다"(9)고 말한다. 로렌스의 「말을 타고 떠난 여인」에서 백인 여주인공이 인디언 종족들과 그들의 신에 대해서 마음에 품는 무한한 동경심의 구심력에 의해서 강력하게 이끌려서 그것의 결과로 일어나는 인신봉헌은 바로 이와 같은 맥락에 있다. 이것은 백인 여인과 인디언들이 주이상스의 주체임을 보여주는 것이다. 그러한 인물들은 에로틱한 억압적 성욕과 종교적 열망이 혼합되어 있어서 내적 심리에는 설명하기 어려운 이중성과 복합성을 지닌 주체들이다. 인디언 남성들의 광희와 승리의 감정뿐만 아니라 이와 병치되어 공희의 제물로 바쳐지는 백인 여주인공에게서 나타나는 신비한 체험들, 즉 저항의 불가능, 공포, 불안, 불가사의한 힘, 숙명적인 이끌림, 무한한 호기심, 영원한 동경, 경외감 등등의 이러한 성질들은 그 하나하나가 주이상스를 구성하는 요소들이다. 라캉의 정신분석학에서 주장하는 주이상스는 완전히 충족되기를 바라지만 그렇게 되지 못한 채 빈자리, 공점, 결핍, 잉여가 항상 남아있다. 그래서 결코 성취될 수 없는 영원을 향한 열려있는 구조물로 남아있는 것이 주이상스의 숙명이다.

「산속의 십자가」에서 십자가에 못 박혀 고통 가운데서 죽어가는 예수 그리스도의 모습에는 그 십자가상을 만든 그 지역 사람들의 디오니소스적인 뜨거운 삶의 열정과 관능, 피와 살의 열기가 전이되어 있다.

그러나 결국은 그와 같은 역동적이고 분출하는 생명이 죽음의 십자가에서 결박되고 억압된 상태가 되어버림으로써 육체가 파열될 때는 극도의 아픔, 고통과 더불어 관능적인 희열, 쾌락이 동반된다. 예수 그리스도의 모습에 투영된 이러한 주이상스는 삶과 죽음의 경계선을 따라서 육체가 파열되는 극도의 긴장상황과 한계상황에서 생성된다고 할 수 있다. 이러한 사실은 인신제물 의식을 다룬 「말을 타고 떠난 여인」에서 삶으로부터 죽음을 향해 나아가는 백인 여주인공에게 적용되었음을 보았다. 두 작품에 묘사된 주인공들은 라캉의 정신분석학에서 말하는 주이상스적 주체의 전형들에 속한다고 하겠다.

로렌스의 연극적 재창조: 『다윗』, 『노아의 홍수』[*]

1 ▌ 구약성경 이야기와 극작품 『다윗』의 공연

이 장은 로렌스의 10편의 극작품들 중에서 구약성경의 다윗과 노아의
홍수 이야기를 소재로 하여 극적으로 재창조한 두 편의 극작품 『다윗』
(*David*)과 『노아의 홍수』(*Noah's Flood*)를 중심으로 로렌스의 기독교적,
성경적인 상상력이 연극적으로 어떻게 재창조되고 있는지를 알아보고
자 하는 것이다. 로렌스의 개성적이고 독특한 종교적 취향과 사상이 기
독교 사상과 어떻게 결합하고 있고, 그 특징은 무엇인지에 대해 검토할
것이다. 여기에는 로렌스가 만년에 이르렀을 때 위험에 처해있었던 건

---

* 이 장은 21세기영어영문학회지인 『영어영문학21』 제25권 4호(2012년)에 게재된 논문
  인 「D. H. 로렌스의 극작품 『다윗』, 『노아의 홍수』–구약성경의 연극적 재창조」를
  조금 수정한 것이다.

강의 악화상태를 관련시켜 볼 것이다. 마지막으로 로렌스 문학에 나타나 있는 그의 기독교적, 성경적 상상력에는 다양한 복합성과 일종의 상호텍스트성이 내재되어 있다는 점을 밝힐 것이다.

　로렌스의 극작품 『다윗』은 구약성경 '사무엘 상'과 '사무엘 하'에 기술되어있는 사울Saul 왕과 다윗David 왕의 이야기 중에서 상권에 속하는 내용으로 다윗이 왕이 되기 이전을 다룬다. '사무엘 상'의 내용은 사사 시대 말기의 제사장이자 예언자인 사무엘Samuel의 출생부터 이스라엘의 첫 왕인 사울 왕의 죽음과 다윗의 등장까지를 다룬다. 이 성경의 목적은 하나님께 신실한 자의 성공과 불순종하는 자의 실패를 알려주고, 하나님은 선택한 백성을 원수들로부터 보호해 주는 분이며, 기도하는 자는 결코 망하지 않는다는 교훈을 가르치기 위해 기록되었다(『프라임 주석성경』 407 해설 참조). 그런데 로렌스의 극작품에 들어있는 내용은 사울의 통치 기간에 암몬 족과 블레셋 족을 물리치는 것과 사울이 하나님 말씀을 어기는 범죄행위, 그리고 다윗의 등장과 그에 의한 골리앗 Goliath의 물리침, 뒤이은 사울 왕의 다윗에 대한 살해 음모, 사울 왕의 아들인 요나단Jonathan의 다윗에 대한 도움과 우정, 사울 왕의 딸 메랍Merab 과 미갈Migal을 다윗과 결혼시켜 사위로 삼으려는 정략결혼에 따른 미갈과 다윗의 결혼, 다윗의 도피생활 등이 스릴 넘치는 가운데 극적으로 전개된다. 이 극작품에서 진행되는 행동은 '사무엘 상'권 15-20장의 플롯을 비교적 충실하게 따른다. 사울 왕은 아말렉 족의 왕 아각과 그의 가축을 모두 처형하라고 지시한 하나님의 명령을 어긴다. 이는 제사장 사무엘의 지지를 잃게 하며 이스라엘의 다음 왕으로 다윗을 세우도록 진행된다. 다윗은 골리앗과의 싸움에서 예상을 깨고 이겨서 백성들에게 명성을 얻고 사울 왕의 질투와 분노를 유발시키게 되어 계속 도피해 다녀야 한다. 아말렉 족에게 승리한 다윗을 찬양하는 사울 왕의 두 딸 메랍과 미갈이 등장하는 장면으로 극이 시작되지만 분위기는 곧 바뀌면서 다윗의 계속되는 고난이 뒤따른다.

극작품 『다윗』을 위한 필사본에는 수정한 버전들이 몇 개 있는데 로렌스의 부인 프리다Frieda가 독일어로 옮긴 번역본도 있다(Wright, 212). 이 극작품은 종교적이고 성서적인 연대기를 극화시킨 설명적 작품이 아니라 작가 자신의 인생과 활동이 명백하게 경험적으로 내포되어 있다. 작품의 창작과 연극적 제작에는 로렌스 자신의 몇 가지 동기와 태도가 흥미롭고 계시적인 양상으로 들어있다. 로렌스는 이 극작품을 말년에 쓴 장편소설인 『날개 달린 뱀』(*The Plumed Serpent*)을 완성한 뒤 얼마 지나지 않았던 시기(1925)에 썼다. 이때 로렌스의 건강은 폐결핵 3기에 속하는 말기였으며, 의사 진단으로는 기껏해야 1, 2년 정도 더 살 수 있을 것이라고 보고했을 정도로 치명적인 상태였다. 이 극작품에서 사울을 떠나지 않는 악령의 방문에 묘사가 집중되거나 반복되는 대목들은 중환자인 로렌스의 어두운 내면상태와 관련될 수 있을 것이다. 이 극작품의 특징들 중의 하나는 다윗보다 사울의 내면적 심리 묘사에 더 많은 비중이 주어진다는 점이다. 작품 제목인 '다윗'은 오히려 사울 왕에 비해 약화되어 있으며, 다윗에 대한 묘사의 중심마저도 불굴의 강인한 담력과 인내심이 나타나있지만 불안한 내면적 갈등과 고통에 더 큰 무게가 쏠리고 있다. 그 이유는 자신의 병마와 싸우는 로렌스의 내적 심리가 반영되었기 때문일 것이다.

이 극작품은 로버트 애트킨스Robert Atkins가 제작하고, 극단 '300클럽과 무대'(The 300 Club and Stage)에 의해 런던의 리전트 극장Regent Theatre에서 1927년 5월 22-23일에 공연되었다. 배역 배우는 20명이었다. 창작된 때는 1925년의 봄이며 총 10편의 로렌스 극작품들 중에서 마지막 작품이다. 후기에 속하는 극작품들 중에서 미완성 유고로는 『고도』(*Altitude*, 1924)와 『노아의 홍수』(*Noah's Flood*, 1925)가 있다. 『다윗』(1925)은 뒤이어 나온 작품이다. 총 10편의 로렌스 극작품들 중에서 오직 3편만이 작가의 생존 시기에 공연되었다(강석훈, 12-13).

로렌스는 『다윗』을 좋은 희곡이며 공연에 적합다고 말하면서 누군가는 마땅히 공연을 해야 할 것이라고 중개인 커티스 브라운Curtis Brown에게 밀했다. 커티스 브라운은 이에 동의하지 않았고 원고를 크노프Knof에게 출판하도록 넘겼다. 문학작품으로 먼저 출판하는 것이 더 좋을 것이라고 생각해서였다. 그러나 로렌스는 편지로 크노프에게 연극으로 제작되지 않는다면 출판을 원하지 않으며, 커티스 브라운의 생각과 다르다고 밝혔다. 단지 문학작품에 머무르는 것이라면 자기로서는 싫은 편이라서 굳이 왜 연극을 택하겠느냐고 불만을 토로했다. 극작품이란 단순히 읽기 위한 작품과는 같을 수 없고 극에 들어있는 진실로 좋은 감정과 극이 지닌 뭔가를 극장의 관중들에게 주게 되면 그들은 반응을 보일 것이라고 로렌스는 믿었다. 이 작품이 올바르게 무대에서 공연되기를 크게 열망했던 로렌스는 런던의 관중들에게 구약성경에서 볼 수 있는 고대의 종교적인 열정의 정서가 전달되도록 하는 것이 소망이라면서 그렇게 되지 못하면 옳지 않다고 제작자인 로버트 애트킨스에게 말했다. 그래서 이탈리아에 체재하는 동안 그에게 보낸 편지에서 이 극작품을 위해 직접 쓴 음악을 동봉하여 보내었다. 그러한 음악은 단지 피리, 탬버린, 작은 북을 필요로 하는 단순한 것에 지나지 않았지만 음악이 잘 되기를 희망한다고 전했다.

　　로렌스로서는 성경 이야기를 사용하여 고대인들의 종교적 열정에 관한 정서를 전달하려는 의도를 가졌지만 연극 평자들은 호의적이 아니라 무례하기 짝이 없는 악평을 내놓았다. 로렌스는 친구인 얼 브루스터 Earl Brewster에게 보낸 편지에서 이러한 연극 평자들을 불알이 없는 환관들과 같은 자들이라고 마구 욕하였으며 그들과 전쟁을 하는 것이 자기가 해야 할 임무라고 말했다. 영국의 『더 타임즈』(*The Times*) 지는 1927년 5월 24일에 이러한 악평들 중의 하나를 게재했다(Sagar, 296-97). 제기한 문제들에는 대사가 너무 긴 것들이 많다는 지적이 있었다. 로렌스는 그런 문제는 필요하다면 더 짧게 할 수 있을 것이라고 마지못해 인정했다. 하지만 지루하다거나 배우가 연기를 하는 것이 어렵고, 연기를 해도 의도한 의미가 만족스럽게 드러나지 못할 것이라는 지적들에는 크게 분노한다. 『더 타임즈』 지의 연극평론에서 제기한 문제점으로는 그 외에도 여러 가지가 있다. 다윗보다는 사울 왕의 이야기로 채우고 있으며, 그것도 언어 사용에서 로렌스가 늘 피할 수 없게 사용하는 유별나게 강력한 언어를 사용한다는 것이다. 그와 같은 열정적인 언어들에 대해 종종 깊은 인상을 받지만 그 결과는 드라마도 아니고 시도 아닌 것이 될 것이라고 보았다. 로렌스가 신비주의의 언어적인 상징들을 끊임없이 즐겨 사용하는 집착성은 마지막의 제16막에 이르기 훨씬 이전에 피로감을 준다고 꼬집었다. 작품이 목표로 삼는 "생명과 사랑과 성령의 불길" (flames of life, love and spirit)이 공연을 위해 의도되었다면 상식적이거나 아니면 특별한 행위로 나타낼 필요가 있지만, 단지 어둠에 덮인 듯한 알 수 없는 암시들로 말하는 것은 어떤 의미도 전달하지 못한다고 지적했다. 사울 왕이 악령의 방문을 받는 곳에서 다윗이 사울 왕으로 하여금 품위를 지키는 마음으로 되돌리려고 찬송가를 부르도록 하여 그 동안에 이러한 실험을 통해 관중들이 호기심 이상으로 많이 의식하도록 의도했지만 그들의 초연함을 잃도록 유혹하는 것 이외에는 아무 다른 것이 거의 없다면서 극이 실패작이라고 평가했다.

한편 오미크론Omicron은 공연의 결과는 단지 이미 가장 잘 알려진 영어 성경에서 가져온 잦은 인용문들로 끼워 넣은 지겨운 워더 가Wardour Street―영화산업의 대명사가 된 거리―의 시어diction가 될 뿐이라고 악평했다. 마침내 로렌스는 이러한 악평과 더 이상 싸우려고 하는 것을 포기하고 인정했다. 그는 이 극작품이 공연작품이 되기에는 너무나 단어가 많고, 연극적이 아니라 너무나 문학적이라는 지적을 부정하지 못했다(Sagar, 297). 사울과 다윗을 다루는 긴 성서적 드라마를 쓰는 것이 적합하리라고 생각했지만 이러한 로렌스의 견해는 극화하기에 부적절하다는 연극계의 비평을 부정할 수 없었다. 이 작품이 극적으로 따르기에는 힘들다고 말하는 이러한 평가는 라이트T. R. Wright도 마찬가지다. 한 마디로 이 극작품은 로렌스가 무대상연에 참석할 관중을 전혀 참작하지 않았다는 것이다. 시간이 많이 연기되어 1927년 5월 런던의 리전트 극장에서 올려졌던 첫 공연은 극적인 발전의 결여로 많은 사람들로부터 처참한 공격을 받았다. 사울 왕의 역을 연기했던 배우는 자기가 맡은 대사를 계속 잊어먹었고 엄숙한 장면들로 생각된 많은 장면들은 의도하지 않게 단지 희극적으로 성공하는 것처럼 드러나는 진풍경이 일어났다(Wright, 212).

무대공연의 부적절성에 대한 이러한 악평이 뒤따랐지만 이 극작품의 첫 출판은 수용이 잘 되었고 감정적 엄숙함과 시 형태의 표현에 대해 칭송을 받은 것이 사실이다. 이 희곡 작품의 "원시적인 종교적 열정"(primitive religious passion, Gamashe, 235)과 언어는 예사롭지 않은 감동을 준다. 라이트에 의하면, 이 극작품은 사실 킹 제임스 영어성경의 많은 부분을 재생했기 때문에 모작처럼 여겨질 수 있겠지만 로렌스가 작품을 집필하는 동안 흠정성경을 옆에 두고 글을 쓰지 않았다는 사실을 인지하기가 어렵다는 것이다(210). 그것은 킹 제임스 영어 흠정성경의 리듬과 언어구조를 재생하는 로렌스의 뛰어난 능력 때문이다.

2 ▎로렌스의 건강 위기와 다윗 이야기

조지 패니카스George A. Panichas에 따르면, '다윗'이라는 옛 이름은 로렌스에게 빛과 사랑과 생명이라는 가장 역동적이고 적극적인 요소들을 불러일으켰다(136-37). 로렌스가 실제적으로 자신을 성경의 다윗이라는 인물과 동일시했다고 주장하는 것은 억지가 아니라는 것이다. 다윗에게서 로렌스는 내면적으로나 외적으로나 자기의 시적 기질, 비천한 성장배경, 삶과 자연에의 사랑, 열정적인 종교적 신앙과 열기 등과의 친화성들을 보았을지 모른다. 더군다나 다윗은 삶에서 나쁜 악령에 억압당하는 세력들을 통해서 로렌스 자신의 문제들과 갈등들을 반사하는지도 모른다. 다윗처럼 로렌스는 자신이 불멸의 소망들로 충만되고 두려운 의심들과 모순들로 고통을 당하며, 때때로 어느 길을 가야할지를 몰라 불확실성에 빠져 냉담하고 야만적이며 적대적인 세상을 바라볼 때 미래를 무서워하는 자신을 보았을 것이다. 로렌스가 다윗에게서 찬탄했던 것은 무엇보다도 인내였을 것이다. 고통당하는 한 영혼에 대해서 힘을 시험하는 고난과 고통, 공허한 명예, 속삭이는 중상모략과 증오 등으로 가득 찬 세상의 시험과 고문을 이겨내야 하는 다윗에게 로렌스는 깊이 공감했을 것이다. 그러나 재미있는 것은 역설적이게도 어릴 적부터 섬세한 아이였던 로렌스는 자기의 이름, 'David Herbert Lawrence'에서 이름first name에 대해 말하는 것을 싫어했다고 한다. 하지만 'David'라는 이름이 고대의 명성을 가진 선량한 옛 이스라엘 왕의 이름이며, 그 이름이 자기 이름에 들어있음을 분명하게 알고 있었다고 한다. 어릴 때 선생님들이 평범하고 섬세한 꼬마인 로렌스에게 'David'라고 이름을 불렀을 때 대답하기를 거부하여 반항적인 아이가 됨으로써 선생님들을 화나게 했다. 로렌스는 생애의 마지막까지 그의 이름에 대해 반감을 가졌고, 그가 쓴 대부분의 편지와 모든 작품들에서 그의 이름은 간단하게 'D. H. Lawrence'로 나타냈다(Panichas, 136-37). 그런가 하면 로렌스는 이탈리아의 플로렌스(피렌체)에 있는 광장의 미켈란젤로가 만든 다윗 동상을 보고 강렬한 인상을 받아 그 소감을 에세이 '다윗'('David' in *Phoenix*, 60-64)에 기록했다. "긴장된 기대감"(with that tense anticipation)으로 기다리고 있는 다윗의 모습은 로렌스가 강조하여 흔히 말하는 "존재의 창조적, 자발적 충만"(the creative and spontaneous fullness of being)의 잠재력과 생명력의 완벽한 형상화였다(Panichas, 137). 로렌스는 다윗의 잘 생긴 눈썹과 불굴의 팔다리에 감탄하면서 "아마도 납빛이고 시체의 색깔처럼 보이고, 수많이 흘러내리는 빗물 같은 도덕성과 민주적인 성품으로 짓눌려있는 것처럼 보일지 모른다. 하지만 물이 가득 찬 분수들과 같은 화염이 몸속에 잠복해 있다"(Livid, maybe, corpse-coloured, quenched with innumerable rains of morality and democracy. Yet deep fountains of fire lurk within him. *Phoenix*, 63)라고 기술한다.

로렌스의 극작품 『다윗』은 극이 결말로 진행되면서 다윗이 사울 왕으로부터 그리고 자기를 죄인으로 붙잡아 분노에 찬 사울 왕에게 데리고 가려는 군인들로부터 도망하면서 깊은 공포심과 고통을 겪는다. 이러한 다윗의 고난은 로렌스의 마음에 많은 비애와 동정심을 불러일으켰는데 극의 이 지점에서 의문과 고통의 음조가 있는 듯하다. 이러한 극적 진행에 따라 로렌스는 충동적이고 열정적인 성격적 단점을 가진 사울 왕을 증오하고 반항심을 느끼는 것 같다. 그럼에도 불구하고 이러한 사울 왕의 단점들이 극적으로는 로렌스의 공감과 찬탄을 자아낸다. 로렌스는 궁극적으로 사울 왕의 범죄를 "살아있는 인간"(living man)을 위반하고 자기에게만 사로잡힌 에고에서 유래되는 중대한 범죄로 보는 것 같다. 사울은 너무나도 자기 욕망만을 밀고 나가고, 극도로 의식적인 자아가 되어서 너무나 자기중심적이 되어가고 있다. 이러한 행위는 로렌스가 존중하는 본능과 정열의 심오한 의미를 파괴한다. 로렌스가 보기에 사울은 이제 더 이상 생명적인 "접촉"(touch)이 없다. 사울의 영적 타락과 붕괴는 광기와 퇴폐의 과정으로 전락했다는 점을 로렌스는 경고한다.

이 극작품의 결론은 아무 것도 실제로 해결되지 않았다. 다윗은 길갈 외곽의 바위 지역의 에젤 바위 근처에 숨어있고 생명적인 육체로부터 완전히 고립되어 있다. 그의 운명에는 가없은 가슴이 찢어지는 무엇인가가 있다. 인내하는 고난의 전형이 다윗의 운명이다. 그가 사울 왕의 아들이자 친구인 요나단을 만날 때조차도 잔혹한 고립감은 누그러지지 않으며, 사울 왕이 죽고 요나단이 죽을 때까지 그는 도망을 다녀야 하는 운명이다. 지겹고 아픈 미결정의 상황이 계속된다. 그러나 로렌스의 입장에서 이러한 상황이 희망의 소멸과 절망의 지배로 해석되는 것이 아니라 인생에서 끊임없는 인내와 힘의 승리라는 양자 사이에 존재하는 투쟁으로 해석될 것이다. 로렌스처럼 "살아있는 신"(living God)의 "불타는 빛"(glow)을 바라보면서 살아가는 사람에게는 인생에서 가장 중요한 것이 인내의 의미일 것이다. 로렌스가 폐결핵 말기 상황에서 죽음이 임박한 지친 육신을 감당하면서 힘겨운 발걸음을 내디딜 때, 역경과 고통의 기록인 성경의 '다윗 이야기'는 로렌스에게는 일시적인 평화의 정지일 뿐이었으며 자기를 초월하는 무언가를 쳐다보며 살아가는 소망과 믿음의 표현이 될 수 있었을 것이다.

로렌스의 이 극작품이 '다윗'이라는 제목으로 되어있지만 앞에서 잠깐 언급했듯이 점차 다윗의 감성과 역할이 극의 중심에서 상실되고 그것을 사울 왕에게 빼앗긴다. 데이비드 엘리스David Ellis의 견해에 따르면 이 극작품은 인류문화의 역사에 관한 로렌스의 개인적 신화에 어느 정도 친숙하지 않으면 이해할 수가 없다고 말한다. 이 극작품에는 로렌스가 중요시하는 우주의 장엄함과 성스러움에 대한 강력한 의식이 표출되고 있지만, 종교적 감수성이 퇴행되고 이성적으로만 발전되고 길들여져서 초월자에 대해 덜 개방적이 되어버린 기독교 신학에 대한 로렌스의 핵심적 순간의 포착과 묘사가 들어있다. 이 때문에 청중들은 이러한 맥락들을 공감하면서 이러한 지점을 잘 짚어낼 수 있어야 한다는 것이다(Wright, 213). 다윗이라는 인물이 큰 공감을 주는 위대한 인물임에도 불구하고 작품의 말미에 가서 더욱 분명해지는 사실은, 작품의 초기에는 우주적 에너지와 종교적인 성스러움에 대해 관용적이었던 개방의 시대였지만 나중의 시점에 이르러서는 신이 길들여지고 이성화되는 길로 이행했다는 것이다. 그래서 로렌스에게는 초기의 참된 종교가 타락했다고 보였다. 라이트는 이 극작품에서 로렌스가 유대기독교 전통의 주류였던 많은 부분을 왜곡했으며 관례적인 기독교 유형을 어느 정도 왜곡했다고 지적한다(212). 라이트에 의하면, 로렌스에게 다윗 동상의 모습은 육체와 정신의 두 세계가 최상의 결합으로 느껴졌다는 것이다(208-09). 즉 로렌스에게 다윗은 디오니소스적인 것과 아폴로적인 것, 관능적인 것과 이지적인 것이 완벽한 균형을 이룬 것이다. 하지만 다윗 자신은 이러한 두 가지 길을 모두 바라보면서 한편으로는 선조들의 더욱 원시적인 감각적 숭배를 지향하고 있고, 다른 한편으로는 덜 바람직한 기독교의 정신성의 요소를 기대하고 있다는 것이다. 이와 같은 맥락에서 보면 이 극작품은 이스라엘의 종교 발전에서 중요한 순간이 조명을 받고 있는데, 니체적인 용어로 말해서 디오니소스적인 종교적 충동으로 부터 다윗 치하의 보다 더 아폴로적인 시대로의 이동을 예시한다는 것이다. 다윗의 이와 같은 심리적 변화과정에 대해서 패니카스도 같은 의견이다. 요컨대 사울 왕을 특징짓는 사악한 강박감과 기만 앞에서 다윗은 "원초적 의식"(pristine consciousness)과 "신적인 생명력"(godly vitality)이 후퇴하는 모습을 보이기 때문에 로렌스는 이에 대해 불만이었다는 것이다(148).

이 작품에서 로렌스가 의도하는 가장 중요한 것은 기독교의 유일신 개념이 로렌스의 개인적 종교취향이기도 했던 자연주의적 정령종교 개념으로 교묘하게 교차된다는 사실이다. 극중 인물들인 아브너Abner, 사무엘, 사울 등이 사용하는 용어들을 통해 이러한 작가의 의도가 투입된다. 이것을 이해하기 위해서는 위대한 신을 위해 붙여지는 용어와 표현들에 주목할 필요가 있는데, 예를 들어보면 다음과 같은 것들이 있다: "이름을 알지 못하는 신"(God of the Unknown Name), "심층부의 목소리"(the Voice of the deeps), "저 너머의 목소리"(the Voice from the beyond), "내부의 어둠으로부터"(out of the inner darkness), "천둥의 손가락"(the finger of the Thunder), "중심부의 목소리"(the Voice of the Midmost)(70-71). 이러한 용어들은 로렌스 자신의 의도에 따라 자연주의적인 정령종교 개념을 반영하여 조정을 받고 있는 것이다. 얼핏 표면적으로 보면 기독교의 유일신, 즉 창조주 하나님과 구별되지 않을 수도 있으나 자세히 보면 변형되어진 것이다. 사무엘이 하나님의 명령을 어긴 사울 왕의 불순종을 질책하는 다음의 대사에서 이러한 사실을 살펴보자.

천둥의 손가락은 나를 왕에게로 가리키게 했으며, 힘의 바람은 왕의 길에서 나를 바람으로 날렸소이다. 중심 세계로부터 위대한 소망이 왕에게 들어왔기 때문에 그대는 왕이로소이다. 주님께서 권능의 기름을 왕에게 부어주었기 때문에 그대는 왕이로소이다. 그러나 왕은 불순종했으며, 주님의 목소리에 왕의 두 귀를 닫았소이다. 왕은 백성들의 짖어대는 소리와 울부짖음 소리를 들었으나 심층중심부의 목소리는 왕에게 무용지물이오이다. 따라서 왕은 주님께 무용지물이 되었으며, 왕을 택한 주님은 왕을 다시 거절하오이다.

The finger of the Thunder pointed me to thee, and the Wind of Strength blew me in thy way. And thou art King because from out of the middle world the great Wish settled upon thee. And thou art King because the Lord poured the oil of His might over thee. But thou art disobedient, and shuttest thine ears to the Voice. Thou hearest the barkings and the crying of the people, and the Voice of the Midmost is nothing to thee. Therefore thou hast become as nothing unto the Lord, and He that chose thee rejecteth thee again. (71)

사울 왕은 죄를 고백하고 회개하면서 자기통제를 잃고 스스로를 무너뜨린 죄를 용서해달라고 울부짖는다. 사울의 입을 통해 표현되는 용어들에서도 자연주의적인 정령종교의 신적 개념이 드러나고 있다.

그리하오나 중심부로 다시 돌아갑니다, 불길이 솟는 그곳에, 날개들이 고동치고 있는 거기에. 말씀을 들어주소서, 돌이켜주소서! 생명의 날개들로 저를 다시 씻어주소서, 당신의 욕망의 숨결로 저에게 호흡을 불어넣어 주시고, 제게 오셔서 머물러주소서. 경외하는 주께서 계시지 않으시면, 저는 빈 껍질일 뿐이옵니다.

But I turn again to Inner-most, where the flame is, and the wings are throbbing. Hear me, take me back! Brush me again with the wings of life, breathe on me with the breath of Thy desire, come in onto me, and be with me, and dwell in me. For without the presence of the awful Lord, I am an empty shell. (72)

사무엘과 대화를 나누는 위와 같은 사울의 발언에는 사울 왕 자신을 비롯하여 우주에 있는 모든 개별적 존재자들마다 신적인 생명력이 깃들어 있음이 상정되어 있다. 이러한 신의 개념은 우주만물을 창조한 하나님이 피조물들을 주관하고 통치하는 '만왕의 왕'이나 절대주권자로 상정되는 기독교의 신과는 다른 개념이다. 사울이든 사무엘이든 등장인물에 상관없이 그들에게는 이러한 자연주의적, 범신론적인 정령종교를 위한 개념의 옷을 입힌다. 이러한 왜곡은 라이트가 지적한 바 있듯이 로렌스가 유대-기독교의 주류에서 이루어진 신학적 발전들 중에서 많은 것을 못마땅하게 생각했기 때문인 것이다(212).

제2장은 사무엘이 고향 라마의 자기 방에서 기도하는 장면으로만 구성되어 있는데, 사무엘의 이 긴 기도문에도 역시 자연주의적인 정령

종교 개념이 투입되고 있음을 볼 수 있다.

> 회오리바람으로부터 내게 말씀해주소서, 태양 뒤로부터 내게 오셔서, 나의 말씀을 들어주소서, 내게 바람이 불고 있나이다. 회오리바람의 힘이 내게서 물러가면, 나는 값없는 늙은이가 될 뿐이옵니다. 깊은 곳 중의 깊은 곳에서 한 바탕의 숨결로 내게 오시면 나의 낡은 몸은 꽃처럼 새롭게 되옵나이다. 나는 나이를 모르는 자가 되옵니다.

> Speak to me out of the whirlwind, come to me from behind the sun, listen to me where the winds are hastening. When the power of the whirlwind moves away from me, I am a worthless old man. Out of the deep of deeps comes a breath upon me, and my old flesh freshens like a flower. I know no age. (74)

우주 생명력의 표상인 신들에 대한 다른 표현들로서는 "심층부의 동인"(the Mover of the deeps), "별들과 달의 호흡처럼 혹은 스스로 뒹구는 바다처럼, 보이지 않는 전능자"(Unseen Almighty, like a breath among the stars, or the moon, like the sea turning herself over) 등과 같은 여러 용어들도 사용된다. 이런 다양한 표현은 만물에 침투된 창조주 하나님을 표현하는 기독교적인 사상과 같기도 하지만 이들도 역시 범신론적 성격을 띤 것이다. 이러한 신관은 역동적인 생명력을 우주와 자연으로부터 동화해야 인간이 구원을 얻을 수 있다는 로렌스의 생명주의 철학에 따른 것이다. 만약 스스로 몸속에 그러한 생명력을 동화하지 못한다면 죽음을 맞이할 수밖에 없다고 본다.『날개 달린 뱀』에서 살펴본 것처럼 로렌스는 아메리카 인디언들의 범신론적, 자연주의적인 정령종교가 이성, 과학, 물질을 중심으로 잘못 살아가는 현대인들을 치유하고 구원하는 올바른 길이 된다고 보았다.

로렌스는 마음의 깊은 고통을 견디며 신에게 울부짖고 구원을 간구하였던 다윗의 모든 사건들을 통해 자신이 현재 겪고 있는 고통스러운 상황에 대한 초상을 본다. 다윗의 삶과 시련에서 로렌스는 최종적으로 인내의 놀라운 교훈을 이해했으며, 동시에 지도가 없는 광야에서 살아가는 모험적인 삶은 최후에는 변화하여 복원될 것임을 기대하고 있다(Panichas, 149-50). 구약성경에 기록된 다윗의 이야기를 통해 삶의 고난 가운데서도 영원한 생명의 신에 대한 믿음과 소망을 견지하며 견뎌내는 인내의 과정에는 일종의 '주이상스'가 내포되어 있다. '주이상스'는 통상적인 쾌락의 범위를 넘어서는 고통스러운 쾌락이다(이정호, '책머리에'). 구약성경의 다윗 이야기를 통해 로렌스는 바로 이러한 주이상스를 맛보았을 것이다. 주이상스는 언제나 과정일 뿐 최종적 성취는 항상 미완으로 남는 고통스러운 즐거움이다(이정호 같은 책, 37). 로렌스가 말년에 격심한 폐결핵의 고통으로 엄습해오는 죽음의 그늘을 느끼고, 피할 수 없는 운명을 직감하였을 때, 그가 꺼져가는 생명의 영생을 소망했을 상황을 상상해본다면, 다윗의 삶의 이야기를 통해 주이상스를 경험했으리라는 것은 어렵지 않을 것이다.

3 ▌『노아의 홍수』에서 종말론적 심판과 신생명 재창조

로렌스의 극작품『노아의 홍수』는 1925년에 출판된 미완성 유고 작품이다.『노아의 홍수』가 완성본으로 남아있지 않은 것은 아쉬움이 크다. 구약성경의 노아 홍수 이야기는 '창세기' 6장 1절에서 10장 32절에 걸쳐 총 5장으로 기록되어 있다. 내용은 인간의 죄악과 하나님의 홍수 심판, 지구 생물의 방주 보존, 홍수가 끝난 후 지상의 새로운 생명들의 번식과 그 생물들의 확장에 대한 하나님의 약속이다.

구약성경의 노아는 인내와 순종의 표본이며 홍수 이전의 의인인 에녹과 이후의 의인인 아브라함을 잇는 가교적인 인물이다. 타락과 죄악이 넘치는 세상에서 구원받는 길은 타락한 다수의 세속적 경향성과 악한 유행을 쫓지 않고 하나님의 말씀에 순종하며 의롭게 사는 것임을 확신시켜준다. 하나님의 말씀에 따라 구원의 방주를 건조하여 대홍수 심판에서 유일하게 구원받는 사람들은 노아의 가족이다.

로렌스의 노아의 방주에 대한 관심은 에트루리아의 지하 동굴 탐방에도 나타난다. 로렌스는 고대 에트루리아 왕국의 세르베테리Cerveteri 지역의 지하 동굴을 탐방하여 안내 소년의 설명을 들었을 때 "돌 집"(stone house)이라고 불렀다던 여러 무덤들이 배의 모양이 사라진 노아의 방주처럼 보였다. 돌로 만든 남근 조각상들이 새겨져있는 지하 동굴 속의 무덤방들은 생명의 저장고였던 것이다. 그러한 돌 무덤방은 역설적으로 로렌스에게는 죽음을 주는 곳이 아니라 생명을 잉태하고 재탄생시키는 자궁이었다. 생명의 피난처로서 불멸의 영원한 생명과 만나mana와 신비로운 사물들로 가득 찬 약속의 '방주자궁'으로 여겨졌다(*Etruscan*

Places, 110).

로렌스의 이 극작품에서 주요 등장인물들 사이에 벌어지는 논쟁적 담론의 가장 중요한 핵심은 생명 자체의 살아있음이다. 완전한 삶을 위해 인간은 약동하는 생명의 '불'(fire)과 붉은 '피'를 필수적인 요소로서 지녀야 한다는 것이다. 작품은 세 사람의 등장인물이 등장하여 대화를 주고받는 문답 형식을 취한다. '첫 번째 남자'(1st man), '두 번째 남자'(2nd man), '세 번째 남자'(3rd man)라는 이름으로 등장하는 세 명은 '인간들'로서 "신의 아들들"(sons of God), 즉 신과 인간 사이에 태어난 반신들半神 Demi-gods인 노아의 세 아들 셈, 함, 야벳과는 대조를 이룬다. 세 명의 이러한 등장인물들이 논쟁적 대화를 통해 생명의 새로운 탄생에 관련한 중요한 문제를 제기한다. 인간들은 그런 문제에 대해 인간들은 올바르게 질문을 할 줄 알아야 하며, "놀라운 질문의 종족"(wonderful race of Askers, 557)이 되어야 한다고 말한다. 이처럼 질문을 잘 하는 사람이 야벳이라고 첫 번째 남자는 말한다. 이 세 번째 남자는 오히려 신의 아들들은 우둔하다고 비난하는데, "반신들半神은 우둔한 질문자들이야. 우리들로부터 반쪽의 대답을 얻어. 우리가 원하는 것은 붉은 새야"(The demi-gods are dumb askers, they get half-answers from us all. What we want is the red bird. 557)라고 말한다. 여기서 '붉은 새'는 생명의 불fire를 뜻한다. 이 불을 획득할 수 있는 방법에 관해 첫 번째 남자는 야벳에게 질문했을 때 불은 하나님으로부터 내려오는 선물이라고 들었기 때문에 '사람의 아들들'은 가질 수 없으며, '하나님의 아들들'이 선물로 주기 전까지는 '인간들'은 그러한 선물을 가질 수 없다고 말한다.

그러한 이러한 불은 요구하는 방법을 올바르게 알 때에만 받을 수 있기 때문이라는 것이다. 이때 두 번째 남자는 "우리는 신들의 상속자들이고 하나님의 아들들이다. 우리는 퍼덕이며 하늘을 나는 새의 날개를 가지고 자유롭게 날자. 우리는 만물에 대한 권리를 가지고 있다. 그러니까 가지도록 하자"(We are heirs of the gods and the sons of God. We are heirs of all. Let us take the flutterer and be free. We have the right to everything; so let us take. 558)라고 말한다. 이 극작품은 야벳이 대답하기로, "그것은 선물이다!"(It is a gift!, 558)라고 말했다고 첫 번째 남자가 큰 소리로 외칠 때 노아가 등장하는 장면으로 미완인 채 끝난다. 여기서 언급하는 신이 주는 선물은 그리스의 프로메테우스 신화에서 말하는 '불'의 이야기를 암시한다. 프로메테우스가 제우스로부터 '불'을 훔쳤다가 벌을 받아 바위에 묶여 독수리에게 간을 쪼여 먹히지만 헤라클레스의 도움으로 구원되었다는 신화가 암시적으로 차용된 것이다. 여기서 '불'은 생명력을 뜻하기도 하지만, 인간의 이성과 자유의 상징이기도 하다. 그러나 오만한 이성과 자유의 남용은 인간을 타락시키고 위기에 빠뜨릴 수 있다는 경고가 함축되어 있다.

로렌스는 성경의 묵시록적 주제에 관해 큰 흥미를 가졌다. 신약성경의 '요한계시록'을 어린 시절에 이미 열 살 때였지만 열 번이나 읽었으며(*Phoenix*, 301-02, *Phoenix II*, 597-601), 그 후 '요한계시록'을 폭넓고 깊이 있게 연구하여 통찰력에 넘치는 해설과 비평으로 가득 찬 논저인 『묵시록』(*Apocalypse*)을 펴낸 바 있다. 그런데 인간이 어떻게 하면 진정으로 살아있는 생명으로서 구원받을 수 있는가 하는 문제에 대해 로렌스는 만년에 고대원시 문화의 범신론적, 자연주의적인 정령종교를 내세운다. 이러한 생명주의vitalism적인 구원사상을 아메리카와 멕시코에 체재하는 동안 인디언 족의 범신론적 정령종교에서 발견했다. 그것은 로렌스에게 하나의 새로운 계시로서 받아들여졌다(D. H. Lawrence, 'Pan in America' edited by Keith Sagar, 43-50). 로렌스를 위한 이런 새로운 계시에 대해 패니카스는 "제3의 터"(third ground)의 발견이라고 표현했다(15). 로렌스는 극작품『노아의 홍수』에서 이러한 고대원시 정령종교를 구약성경의 노아 이야기에다 결합하여 새로운 의미를 부여하고 있다.

인간들이 노아의 세 아들들과 같은 반신半神, Demi-god으로 변화되려면 아메리카 인디언 족의 고대원시 정령종교를 재현한『날개 달린 뱀』에서 보여주는 바와 같은, 모든 생물들 사이에 상호적으로 호흡과 생명을 주고받는 우주적 연대와 교류가 필요하다. 그런데 현대의 '인간들'은 그렇지 못하기 때문에 고대원시의 종교가 복원되어야 한다는 것이 로렌스의 견해이다. 이 극작품에서 '응답'(answer), '응답자'(answerer), '응답이 없는'(answerless) 등과 같은 단어들은 이처럼 중요한 생명적 교류에 대한 질문과 대답을 위한 상징적인 표현이다. 등장인물들의 대화에서는 생명력을 전달하는 상징적 생물로서 세 마리의 '새'를 제시하고 있는데 첫 번째 새는 "반신들의 집에 있는 작은 붉은 새"(the little red bird in the houses of the demi-gods)이고, 두 번째 새는 "보다 더 큰 태양의 새"(the bigger bird of the sun)이며, 마지막 세 번째 새는 "거대한 흰 새"(the Great White Bird)이다. 안타깝게도 현재의 '인간들'은 이러한 세 번째의 흰 새가 되어 날개의 퍼덕임에 응답하지 못하고 생명이 죽어있다는 것이다.

그러나 지금은 사람들의 심장은 응답이 없다, 마치 느슨해진 북들이 소리가 없는 것처럼. 그들은 말한다: 우리 자신은 우주의 거대한 흰 새들이다. 바퀴를 계속 돌아가도록 하는 것은 바로 우리들이다! 그들은 건방지게 부르짖고, 거대한 흰 새는 날개를 더 이상 들어 올리지 않아서 새로움과 아침의 바람을 우리에게 보내지 않는다. 그래서 우리는 말라있으며, 죽음을 향해 기울어져가고 있다. 우리는 노란 금속과 그리고 하얀 금속을 붙잡았다, 그런데도 우리는 응답자를 붙잡았다고 생각한다.

But now the hearts of men are answerless, like slack drums gone toneless. They say: We ourselves are the Great White Birds of the Universe. It is we who keep the wheel going!—So they cry in impertinence, and the Great White Bird lifts his wings no more, to send the wind of newness and morning into us. So we are stale, and inclining towards deadness. We capture the yellow metal and white, and we think we have captured the answerer. (556)

로렌스는 만년에 이르렀을 때 자기 육체가 폐결핵 말기에 처하여 낡고 병든 육체가 해체되는 죽음을 인내하면서 사후에 육체의 해체로 끝나는 삶이 아니라 새로운 육체로서 구원받는 부활의 비전을 견지했다. 그는 이러한 비전에서 건강하고 활력에 찬 생명의 전형인 아메리카 인디언들의 신화와 종교에 관심을 가졌고, 그들의 범신론적, 자연주의적인 정령종교와 그들의 신화에 구현된 열대의 거룩한 뱀, 독수리, 우주자연과의 연대와 합일에 의한 역동적인 생명체가 되어 영생을 얻고 살아갈 수 있는 비전을 발견했던 것이다. 로렌스는 에세이 「『채털리 부인의 사랑』에 대한 옹호」("A propos of *Lady Chatterley's Lover*")에서 회색빛 죽음의 재로부터 또다시 '불'의 생명으로 되살아나는 "나의 새"(my own bird)가 '피닉스'(phoenix)라고 말한 것처럼 '불'의 생명으로 살아나고 싶었다(Moore, 110). 이와 같은 로렌스의 현실적 정황을 상상해 보면 구약성경의 『노아의 홍수』 이야기는 그에게 생명의 재탄생의 비전으로서 강렬한 영감을 줄 수 있음을 쉽게 이해할 수 있을 것이다. 구약성경에서는 죄악이라는 도덕적 주제가 중심이 되고 있지만, 이 극작품에서는 '불'의 힘과 활력을 구현하여 하늘을 비상하는 새들을 인간들의 삶을 위한 이상적인 생명체로 선택했다는 점은 자연스러울 것이다. 이 극작품은 미완으로 끝나지만 이러한 관점에서 접근하게 될 때 한층 더 실감나고 보다 더 쉬운 이해를 할 수 있을 것이다.

이 극작품에서 '인간들'과 '신의 아들들'(반신들demi-gods)인 노아의 세 아들들(셈, 함, 야벳) 사이의 우월성 차이점에 관한 논쟁에는 아마도 전통적 기독교는 새롭게 생명이 주어져야 한다고 보는 로렌스의 견해가 들어있는 것 같다고 라이트는 주장한다(207). 로렌스가 추구하는 생명의 갱신과 구원은 라이트가 만든 새로운 용어로 말하면 '백색 신화학'(white mythology)이 아닌 '적색 신화학'(red mythology)으로 대체되어야만 가능하다는 것이 로렌스의 입장이라는 것이다. 전자는 현대의 핏기 없는 창백한 백색의 이성주의와 합리주의에 기초를 두는 기독교 문명이 해당되고, 후자는 역동적이고 적나라하게 붉은 피가 살아서 꿈틀거리는 아메리카 인디언 종교사회에서 볼 수 있는 고대원시 문명이 해당된다. 로렌스와 상당히 많은 교류를 가졌던 신지학자 카터Frederic Carter나 니체 Friedrich Nietzsche는 로렌스와 동일한 노선에 있다고 본다(207). 이러한 적색의 '피'로서 교류하고 소통하는 삶의 양식은 현대인들에게는 불가능하게 되었다는 것이다. 이성적이고 지적인 방식으로만 살아가기 때문이다. 로렌스는 이 극작품에서 명시적으로 나타내지는 않지만 현대인들의 '현대성'(modernity)에 대해 문제를 제기한다. '현대적 인본주의자들'(modern humanists), 합리적 이성주의자들은 참된 우주적 생명으로부터 이탈하여 온기와 활력을 상실한 창백한 인간으로 타락했다고 보는 비판이 작품의 이면에 숨어있다.

『노아의 홍수』에 등장하여 대화를 나누는 세 명의 등장인물들에게는 '현대적 인본주의자들'이나 합리적 이성주의자들에게 내재하는 이러한 문제점들이 마찬가지로 숨겨져 있다. 마치 불을 훔친 프로메테우스처럼 '이성의 불'을 잘못 사용하고 있는 인간의 어리석음을 이 작품에서는 "바보"(fool)로 나타낸다. '불'은 생명의 진정한 불이 되어야 하며, 그렇지 못하면 타락과 파멸이 기다릴 뿐이다. 이 극작품에서는 성경의 노아의 홍수 심판에 기록된 인간의 부패, 죄악, 파멸의 행위에 대해서는 명시적인 언급이 없지만 그러한 인간들의 잠재적인 위험성을 암시적, 상징적으로 반사한다. 인간의 어리석음과 교만이 파멸로 나아갈 것임을 암시하는 예언적 목소리가 들어있는 것이다. 이 극작품에 등장하는 '인간의 아들들'(the sons of men)에 해당하는 세 명의 등장인물들은 '신의 아들들'(the sons of God), 즉 '반신들半神(Demi-gods)에 관해 불만을 토로하면서 불을 훔친 프로메테우스처럼 신의 아들들로부터 '불의 선물'을 가지려고 서로 싸운다. 인간들의 신에 대한 반란은 종교적 경이의 쇠락이며, 경배하고 닮아야 할 신성한 생명체에서 퇴락한 '거대한 흰 새'(the Great White Bird)를 어리석게도 조롱한다. 그 거대한 흰 새에게 응답을 받지 못하여 의기소침에 빠져있기 때문이다. 이 극작품의 첫 번째 원고의 필사본에서 인간들은 신의 아들들의 우월성이 신의 아들들이 가진 '붉은 불의 새'(the red bird of fire)를 소유한 탓으로만 돌린다. 인간들은 "그것을 가진 우리는 그들보다 더 위대하다. 왜냐하면 그들은 어리석고 얼빠진 때문이다"고 비난한다. 스카르Skar에 의하면 이러한 장면들에서 나타나는 풍자는 주로 비종교적인 현대성, 즉 모든 것을 이성적으로만 설명하려는 주장과 거기에서 발생되는 진정한 종교적 경외심의 퇴락에 연유한다고 생각하는 로렌스의 견해를 다루고 있다고 해석한다(Wright, 208).

인간들이 죄의 심판에서 구원될 수 있는 방법에 관한 질문의 대답은 자신에게 참된 생명의 불을 올바르게 구현하는 데 있다. 이러한 생명의 '불'을 상실하여 타락하고 부패한 현대의 인본주의자들은 죽음의 심판을 받을 운명이 예정되어 있다. 그들이 새로운 생명으로 구원되려면 로렌스가 강조하는 것처럼 범신론적, 자연주의적인 정령종교에 구현되어 있는 '신인神人'(Man-God), 즉 이 극작품에서 표현된 기독교적인 용어로 말하자면 "반신半神"(Demi-God)으로 살 수 있어야 한다. 이처럼 복합성을 지닌 로렌스의 종교는 겉으로는 일견 기독교적으로 보이면서도 동시에 고대원시 시대의 이교적인 정령종교의 옷을 입고 있다. 두 유형의 종교가 상호교차하고 있다고 할 수 있다.

4 ▌ 로렌스 문학의 복합적 종교성과 상호텍스트성

로렌스 문학의 전반적인 특징의 하나는 특정의 사상, 신념, 가치를 단순화시키거나 획일화시킨 도그마 형태에 함몰되지 않고 유연하고 창조적인 독자성을 추구하는 데 있다. 그에 따라 텍스트와 언어는 의미적으로 다면적이고 복합적인 층위를 가진다. 뿐만 아니라 그런 점은 때로는 의미의 혼란을 주기도 한다. 로렌스 문학 텍스트에 나타나는 이러한 특징은 상호텍스트성intertextuality에서 비롯되는 경우가 흔하다. 앞에서 살펴본 구약성경을 연극적으로 재창조한 『다윗』과 『노아의 홍수』에는 이러한 특징이 나타나 있음을 알 수 있었다. 로렌스는 이러한 종교적 극작품에서 유대-기독교의 전통에서 발전되고 형성된 사상들을 부분적으로 변형하거나 왜곡했다. 다시 말해 아메리카 인디언 족의 고대원시 종교와 같은 범신론적, 자연주의적인 정령종교를 차용하여 기독교와 유대교를 교차시킴으로써 복합성과 혼종성을 띤 사적인 종교를 주조한 것이다. 로렌스에게는 어릴 때부터 기독교의 종교적인 열정, 경이, 성령의 감동 등과 같은 요소들이 그의 마음에 깊이 새겨져 있었다. 그는 만년에 이르러 이러한 성경의 영향들을 앞에서 살펴본 두 극작품의 주제로 선택하여 무대에 올려서 공연으로 표현하려는 놀라운 열정을 가졌다. 그럼에도 불구하고 아메리카 인디언 족의 범신론적, 자연주의적인 정령종교를 상대적으로 우위에 두고 양자를 결합하였다. 이처럼 로렌스는 타자의 세계에 속하는 낯선 종교에서 더 큰 생명력과 영적 구원을 발견하고 제3의 길을 개척하였다. 이것은 두 종교를 교차하여 복합시킨 새로운 변형체의 창조인 것이다. 바로 이 지점에 그의 독자성과 창조성이 있다.

로렌스가 삶에서 추구하는 목표는 현대인에게서 고대적, 신화적, 원초적 감수성을 복원하여 인간을 구원하자는 것이다. 지성과 이성, 물질과 과학에 편향된 현대적인 사고방식으로는 인간성이 황폐될 뿐이며, 역동적인 생명력과 영성의 충족을 완성하지 못하고 방황할 수밖에 없다는 진리를 로렌스는 전한다. 두 극작품은 현대인들이 인본주의적인 자기중심성으로부터 닫힌 마음의 문을 활짝 열고 잃어버린 원초적인 종교적 본성과 태초의 감수성을 회복해야만 참된 생명의 구원과 부활의 길이 열리게 된다고 믿는다. 로렌스는 전통적인 기독교 문화에서 성장했으면서도 전통적 기독교를 타자적인 이방종교와 상호적으로 엮어서 혼종적으로 결합해낸다는 점에서 로렌스 문학은 한층 더 특별하다.

로렌스의 다른 여러 작품들을 읽어보면 알 수 있겠지만 고대원시종교와 신화의 재창조에는 종교학, 우주학, 과학, 철학, 예술 등의 여러 다양한 분야가 투입되고 상호적으로 엮어져 있어서 그것들을 분리해내기가 어렵다. 이처럼 로렌스의 문학작품들이 복합성을 지니게 된 것은 상호텍스트성에 기인한다. 로렌스는 일면으로 보면 환상적이고 황당한 자신의 이러한 창작기법을 두고 『무의식의 환상』(*Fantasia of the Unconscious*)의 서문에서 '가짜 철학'(pseudo-philosophy), '복합적 정신분석학'(pollyanalytics)이라고 말한다. 그리고 고대 원시인들이 신봉하는 신화적인 우주관, 자연관을 자신도 정말로 믿으며, 오히려 생명에 관한 올바른 접근법이라고 말하면서 '주관적 과학'(subjective science)이라고 주장한다('Forward', 15). 로렌스는 상상력 속에서 늘 동경해마지 않았던 기독교 문명 이전의, 지금은 사라지고 없지만 아틀란티스 대륙에서 살았던 신비적인 인류가 그러한 종교적 삶을 향유하였을 것이라고 생각한다(*Fantasia*, 'Forward', 13).

로렌스 문학을 읽을 때 피할 수 없는 중요한 요소들 중의 하나는 심오한 종교성이다. 하지만 이러한 종교성에는 다양한 학문적, 문화적, 예술적, 과학적 특성들이 얽혀있고 상호적으로 엮여있기 때문에 로렌스 문학의 복합성과 상호텍스트성은 그의 문학에 대한 해석과 연구에서 다양한 학제적 접근을 허용하는 잠재력을 지니고 있다.

인용문헌

▌ 1장 인용문헌

공덕룡. 「D. H. Lawrence의 부활론─*The Man Who Died*를 중심으로」. 『영어영문학』 제32권 4호. 1986.

이정호. 『주이상스의 텍스트: 미국문학 읽기』. 서울: 동인, 2007.

진 쿠퍼. 『세계문화 상징사전』. 이윤기 옮김. 서울: 까치, 1994.

프리드리히 니이체. 「반그리스도자」. 『니이체 전집』. 정진웅 옮김. 서울: 광학사, 1974.

홍은택. 「불을 주제로 한 현대영미시 읽기」. 『영미문학교육』 제16집 2호. 2012.

Gordon, David J. *D. H. Lawrence as a Literary Critic*. New Haven and London: Yale UP, 1966.

Hagan, Patricia L. *Metaphor's Way of Knowing: The Poetry of D. H. Lawrence and the Church of Mechanism*. New York: Peter Lang Publishing, Inc., 1995.

Humma, John B. *Metaphor and Meaning in D. H. Lawrence's Later Novels*. Columbia and London: U of Missouri P, 1990.

Lawrence, D. H. *Aaron's Rod*. Harmondsworth, Middlesex: Penguin Books, 1976.

_____. *Apocalypse*. Harmondsworth, Middlesex: Penguin Books, 1977.

_____. *Kangaroo*. 1976.

_____. *Lady Chatterley's Lover.* Harmondsworth, Middlesex: Penguin Books, 1974.

_____. *Phoenix.* London: Heinemann, 1967.

_____. *Phoenix II.* Harmondsworth, Middlesex: Penguin Books, 1978.

_____. *Sons and Lovers.* Harmondsworth, Middlesex: Penguin Books, 1970.

_____. "The Man Who Died." *The Tales of D. H. Lawrence.* London: William Heinemann, 1948.

_____. *The Rainbow.* Harmondsworth, Middlesex: Penguin Books, 1977.

_____. *The Plumed Serpent.* Harmondsworth, Middlesex: Penguin Books, 1977.

_____. *Women in Love.* Harmondsworth, Middlesex: Penguin Books, 1979.

Montgomery, Robert E. *The Visionary D. H. Lawrence: Beyond Philosophy and Art.* Cambridge: Cambridge UP, 1994.

Widmer, Kingsley. "Lawrence and the Nietzschean Matrix," ed. Jeffrey Meyers. *D. H. Lawrence and Tradition.* London: The Athlone Press, 1985.

Wright, T. R. *D. H. Lawrence and the Bible.* Cambridge: Cambridge UP, 2000.

▌ 2장 인용문헌

강미숙. 「로렌스와 기독교 문명의 미래」. 『D. H. 로렌스 연구』 제18권 1호 (2010): 1-26.

강석훈. 『극작가 D. H. Lawrence의 사실주의극 연구』. 동아대학교 대학원 박사학위논문, 2001.

김인수. 「D. H. 로렌스의 주요 장편소설에 나타난 성서적 이미저리」. 『D. H. 로렌스 연구』 제16권 2호 (2008): 53-73.

대한기독교서회. 『프라임 주석성경』. 서울: (재)대한기독교서회, 2009.

조일제. 「D. H. 로렌스 문학의 秘敎」. 『D. H. 로렌스 연구』 제10권 2호 (2002): 85-107.

한영성경 참조. 이국진 편찬 책임. 『NIV 한영해설성경』. 서울: 아가페 출판사, 2011.

Aldington, Richard, ed. *Selected Letters of D. H. Lawrence*. London: Penguin Books, 1950.

Cowan, James C., ed. *The D. H. Lawrence Review* Vol. 8. 1975. Joanne Trautman, "The Body Electric." 65.

Huxley, Aldous, ed. *The Letters of D. H. Lawrence*. London: William Heinemann, 1956.

Hyde, Virginia. "Will Brangwen and Paradisal Vision in *The Rainbow* and *Women in Love*." *The D. H. Lawrence Review* Vol. 8, No. 1-2-3. 1975. 346-56.

Lawrence, D. H. *Aaron's Rod*. Harmondsworth, Middlesex: Penguin Books, 1976.

_____. *Apocalypse*. Harmondsworth, Middlesex: Penguin Books, 1977.

_____. "David." *The Complete Plays of D. H. Lawrence*. London: William Heinemann, 1948.

_____. *Fantasia of the Unconscious/Psychoanalysis and The Unconscious*.

Harmondsworth, Middlesex: Penguin Books, 1977.

_____. *Kangaroo*. Harmondsworth, Middlesex: Penguin Books, 1976.

_____. McDonald, Edward D., ed. *Phoenix*. London: William Heinemann, 1967.

_____. "Noah's Flood." *The Complete Plays of D. H. Lawrence*. London: William Heinemann, 1948.

_____. *Phoenix II*. Harmondsworth, Middlesex: Penguin Books, 1978.

_____. *Sons and Lovers*. Harmondsworth, Middlesex: Penguin Books, 1970.

_____. *The Letters of D. H. Lawrence* Vol. I. Ed. James T. Boulton. Cambridge: Cambridge UP, 1979.

_____. "The Man Who Died." *The Tales of D. H. Lawrence*. London: William Heinemann, 1948.

_____. *The Plumed Serpent*. Harmondsworth, Middlesex: Penguin Books, 1979.

_____. *The Rainbow*. Harmondsworth, Middlesex: Penguin Books, 1977.

_____. *Women in Love*. Harmondsworth, Middlesex: Penguin Books, 1979.

Meyers, Jeffrey. *D. H. Lawrence and Tradition*. London: The Athlone Press, 1985.

Moore, Harry T. *The Collected Letters of D. H. Lawrence* Vol. 2. New York: Viking Press, 1962.

Panichas, George A. *Adventure in Consciousness: The Meaning of D. H. Lawrence's Religious Quest*. London: Mouton & Co, 1964.

Sagar, Keith. *A D. H. Lawrence Handbook*. New York: Barns and Noble

Books, 1982.

_____, ed. *D. H. Lawrence and New Mexico*. Layout, UT: Gibbs M. Smith, 1982.

Trilling, Diana. *The Portable D. H. Lawrence*. New York: Viking Press, 1949.

Wright, T. R. *D. H. Lawrence and the Bible*. Cambridge: U of Cambridge P, 2000.

▌3장 인용문헌

이국진 편찬. *NIV Korean-English Explanation Bible*. Seoul: Agape, 2008.

Atkins, John. *Aldous Huxley: A Literary Study*. London: Calder and Boyars, 1967.

Bavinck, Herman. *The Philosophy of Revelation*. Grand Rapids, Michigan: Baker Book House, 1979.

Beal, Anthony. *D. H. Lawrence*. London: Oliver and Boyd, 1964.

Carson, Rachel. *Silent Spring*. Harmondsworth: Penguin, 2007.

Donoghue, Denis. "'Till the Fight Is Finished': D. H. Lawrence in his letters." *D. H. Lawrence: Novelist, Poet, Prophet*. Ed. Stephen Spender. New York: Harper & Row, 1973. 187-97.

Gregory, Horace. *D. H. Lawrence: Pilgrim of the Apocalypse*. New York: Grove, 1957.

Hendricks, Howard G., and William D. Hendricks. *Living by the Book*. Chicago: Moody Publishers, 2007.

Huxley, Aldous. *Point Counter Point.* London: Chatto & Windus, 1928.

Kermode, Frank. "Waiting for the End." *Apocalypse Theory and the Ends of the World.* Ed. Malcolm Bull. Oxford: Blackwell, 1995. 257-60.

Lawrence, D. H. "Introduction." *Selected Letters of D. H. Lawrence.* Ed. Aldous Huxley. Harmondsworth: Penguin, 1961.

_____. *Apocalypse.* Harmondsworth: Penguin, 1977.

_____. "A Propos of *Lady Chatterley's Lover.*" *Sex, Literature, and Censorship.* Ed. Harry T. Moore. New York: Viking, 1972.

_____. *Fantasia of the Unconscious.* Harmondsworth: Penguin, 1977.

_____. *Kangaroo.* Harmondsworth: Penguin, 1976.

_____. *Lady Chatterley's Lover.* Harmondsworth: Penguin, 1974.

_____. *Sons and Lovers.* Harmondsworth: Penguin, 1970.

_____. *St Mawr and The Virgin and the Gipsy.* Harmondsworth: Penguin, 1977.

_____. "The Escaped Cock." *D. H. Lawrence: The Complete Short Novels.* Harmondsworth: Penguin, 1987.

_____. *The Rainbow.* Harmondsworth: Penguin, 1977.

_____. *Women in Love.* Harmondsworth: Penguin, 1979.

Moore, Harry T. *The Priest of Love: A Life of D. H. Lawrence.* New York: Farrar, Straus and Giroux, 1974.

Panichas, George A. "D. H. Lawrence, Religious Seeker." Ph.D. dissertation. U of Nottingham P, 1961.

▌ 4장 인용문헌

권택영 엮음. 『자크 라캉 욕망 이론』. 서울: 문예출판사, 1994.

글로윈스키, 후게트 & 지타 마르크스 & 사라 머피 엮음. 『라캉 정신분석의
　　핵심용어』. 김종주 옮김. 서울: 하나의학사, 2003.

김상환 & 홍준기 엮음. 『라캉의 재탄생』. 서울: 창작과비평사, 2002.

나지오, J. 데이비드. 『자크 라캉의 이론에 대한 다섯 편의 강의』. 임진수
　　옮김. 서울: 교문사, 2004.

박시성. 「문화키워드 4. 가짜와 복제 혹은 모방」. 『부산일보』. 2013. 1. 23.

벤베누토, 바이스 & 로저 케네디. 『라캉의 정신분석 입문』. 김종주 옮김.
　　서울: 하나의학사, 1999.

보스, 메다드. 『정신분석과 현존재 분석』. 이죽내 옮김. 서울: 하나의학사,
　　2003.

서동욱. 「주체의 비밀에 접근하는 정신분석」. *Green Island DOKDO*. 2013.
　　2. 28: 9.

서명수. 「로렌스의 『채털리 부인의 연인』에 나타난 숲과 자궁의 상관성」.
　　『문학과 종교』 17.1 (2012): 65-83.

엄보운. 「土日섹션 인터뷰」. 『조선일보』. 2014. 1. 11-12.

윤민우. 「여성의 몸·여성의 주체성－중세여성 명상가와 여성으로서의 예수」.
　　『영어영문학』 56.4 (2010): 639-66.

이정호. 『주이상스의 텍스트: 미국문학 새로 읽기』. 서울: 동인, 2007.

칸트, 이마누엘. 『이마누엘 칸트 판단력 비판』. 김상현 옮김. 서울: 책세상,
　　2008.

핑크, 브루스. 『라캉과 정신의학』. 맹정현 옮김. 서울: 민음사, 2004.

호손, 제레미 M. 『현대문학이론용어사전』. 정정호 외 옮김. 서울: 동인, 2003.

Benedict, Ruth. *Patterns of Culture*. London: Routledge & Kegan Paul, 1961.

Eliade, Mircea. *Patterns in Comparative Religion*. Trans. Rosemary Sheed. Lincoln and London: U of Nebraska P, 1996.

Hayles, N. Katherine. *The Cosmic Web: Scientific Field Models and Literary Strategies in the Twentieth Century*. Cornell UP, 1984.

Huxley, Aldous. "Introduction." *Selected Letters of D. H. Lawrence*. Ed. Richard Aldington. Middlesex: Penguin, 1961. 5-31.

Kant, Immanuel. *The Critique of Judgement*. Trans. James Creed Meredith. Oxford: Clarendon Press, 1952.

Lawrence, D. H. *Mornings in Mexico*. Middlesex: Penguin, 1975.

_____. *Phoenix II*. Harmondsworth Middlesex: Penguin, 1978.

_____. *Phoenix*. London: Heinemann, 1967.

_____. *Studies in Classic American Literature*. Harmondsworth Middlesex: Penguin, 1977.

_____. "The Crucifix across the Mountains." *Twilight in Italy*. Middlesex: Penguin, 1977. 9-21.

_____. *The Plumed Serpent*. Harmondsworth Middlesex: Penguin, 1977.

_____. "The Woman Who Rode Away." *The Complete Short Stories* Vol. II. Middlesex: Penguin, 1986. 546-81.

Levinas, Emmanuel. *Totality and Infinity*. Trans. Alphonso Lingis. Hague: Duquesne Press, 1969.

Panichas, George A. *Adventure in Consciousness: The Meaning of D. H. Lawrence's Religious Quest.* London: Mouton & Co, 1964.

Parrinder, Geoffrey. *Sex in the World's Religions.* New York: Oxford UP, 1980.

▌5장 인용문헌

강석훈. 『극작가 D. H. Lawrence의 사실주의극 연구』. 동아대학교 대학원 박사학위논문, 2001.

대한기독교서회. 『프라임 주석성경』. 서울: (재)대한기독교서회, 2009.

이정호. 『주이상스의 텍스트: 미국문학 새로 읽기』. 서울: 동인, 2007.

이국진 편찬 책임. 『NIV 한영해설성경』. 서울: 아가페 출판사, 2011.

Gamache, Lawrence B. "Lawrence's David: Its Religious Impulse and Its Theatricality. *D. H. Lawrence Review.* Vol. 15. 235-48.

Lawrence, D. H. *Apocalypse.* Harmondsworth, Middlesex: Penguin Books, 1977.

_____. "David." *The Complete Plays of D. H. Lawrence.* London: William Heinemann, 1948.

_____. *Fantasia of the Unconscious.* Harmondsworth, Middlesex: Penguin Books, 1977.

_____. *Etruscan Places.* Harmondsworth, Middlesex: Penguin Books, 1975.

_____. McDonald, Edward D., ed. *Phoenix.* London: William Heinemann, 1967.

_____. "Noah's Flood." *The Complete Plays of D. H. Lawrence.* London:

William Heinemann, 1948.

_____. *Phoenix II*. Harmondsworth, Middlesex: Penguin Books, 1978.

_____. *The Plumed Serpent*. Harmondsworth, Middlesex: Penguin Books, 1979.

Moore, Harry T., ed. "A Propos of *Lady Chatterley's Lover* by D. H. Lawrence." *Sex, Literature, and Censorship*. New York: The Viking Press, 1972.

Panichas, George A. *Adventure in Consciousness: The Meaning of D. H. Lawrence's Religious Quest*. London: Mouton & Co., Publishers, 1964.

Sagar, Keith. *A D. H. Lawrence Handbook*. New York: Barns and Noble Books, 1982.

Sagar, Keith, ed. *D. H. Lawrence and New Mexico*. Layton, UT: Gibbs M. Smith, 1982.

Wright, T. R. *D. H. Lawrence and the Bible*. Cambridge: U of Cambridge P, 2000.

찾아보기

┃ㅊ┃

지은이 조일제

부산대학교 사범대학 영어교육과를 졸업하고 같은 대학의 대학원 영어영문학과 석사, 박사 과정을 수료하였으며, 「D. H. 로렌스 문학에 나타난 어둠의 자아−원초적 실재의 탐색」으로 박사학위를 받았다. 영국의 노팅햄대학교와 리즈대학교, 미국의 포드햄대학교와 하와이대학교에서 객원교수로 연구했으며, 현재 부산대학교 교수로 재직 중이다. 학회 활동으로 한국로렌스학회 회장, 한국영어영문학회 상임이사, 새한영어영문학회 부회장, 부산초등영어교육학회 자문위원 등을 역임했으며, 학내 보직으로는 국제교류교육원 원장, 총학생회 지도교수, 교육대학원 부원장 등을 역임했다. 저서로는 『채털리 부인의 사랑−성스럽고 경이로운 성의 탐험』, 『D. H. 로렌스 연구의 고대적 · 동양적 접근』, 『원초적 실재의 탐색−D. H. 로렌스 문학과 어둠의 자아』, 『영국 문학과 사회』, 『한국과 세계를 잇는 문화소통』, 『국제문화소통과 글로벌 영어』 외 다수가 있고, 역서로는 『한영대역 불교성전』, 『영어교사를 위한 영문학 작품 지도법』, 『외국어 교사를 위한 언어습득론』, 『학습자 활동 중심의 (영)시 교육과 언어교육』, 『그림을 활용하는 외국어 학습법』이 있으며, 영어교과서 집필 공저로 『Middle School English 1, 2, 3』(㈜미래엔)이 있다. 2009년도에 제45회 눌원문화상(인문과학 부문)을 수상하였다.

D. H. 로렌스 문학과 종교적 상상력

초판 발행일 2015년 12월 20일

지은이 조일제
발행인 이성모
발행처 도서출판 동인
주 소 서울시 종로구 혜화로3길 5, 118호
등 록 제1-1599호
TEL   (02) 765-7145 / **FAX** (02) 765-7165
E-mail dongin60@chol.com
ISBN   978-89-5506-683-8
정가   16,000원